偵
5
經，
」。
二語十
[ill]うみぼうず
La detective está
muerta.

Contents

繪圖●うみぼうず

【6 years ago Nagisa】

那是某一天，我們日常生活中的一幕。

「——小渚！我帶了好多書來喔，妳想聽哪一本？」

在午後陽光灑入室內的病房。

用「小渚」這個暱稱叫我的桃紅色長髮少女把大量圖畫書排列在床上，似乎準備挑選要唸哪一本給我聽的樣子。

「呃～小愛？我也已經十二歲了，唸圖畫書給我聽會不會有點……」

不過她這樣的行為是出自於關心身體虛弱沒辦法出去玩的我，所以這份心意我當然很感謝就是了……

「好，那就唸這本！」

嗯，她根本沒聽我講話。還是老樣子。

小愛收起她剛剛還在寫的日記，改為翻開一本圖畫書，很有精神地朗讀起來。

朝氣蓬勃又可愛動人的聲音。

甚至讓人有種光聽了那聲音就連身上的病痛都能治好的感覺。雖然說，我還是覺得唸圖畫書這種事很孩子氣啦。

我面帶微笑看著那樣的小愛，並且向病房裡的另一位女孩子說道：

「希耶絲塔在讀什麼？」

那是坐在房間角落的椅子上讀著一本書的白髮女孩。

擁有「希耶絲塔」這樣一個奇妙的代號，總是散發出神祕氛圍的她，明明年紀應該跟我和小愛差不多才對，卻唯獨她莫名給人一種成熟的感覺。

或許可以說她對人生很達觀，但其實多多少少保留一點小孩子的天真無邪應該也不為過吧……身為小孩子的我是這麼想的。

「這是一位不幸但又幸福的王子的故事。」

希耶絲塔告訴我的恐怕不是書名，而是書的內容。

不幸卻又幸福的王子大人……究竟是什麼意思？

「那是什麼樣的故事？」

小愛也在不知不覺間停下朗讀，加入我們的對話。她是個不管對什麼事物都會感興趣，但也比人更容易對事物感到膩的孩子。那種在好的意義上自由奔放的個性或許值得讓人學習就是了。

「這是描述一座心地善良的王子雕像將自己的寶物分給街上窮人們的故事。可以這麼說吧。」

希耶絲塔輕輕把書闔上後，同樣靜靜闔起眼皮。

「真是好人！」

相對地，小愛則是坐在我近處的椅子上擺盪著雙腳。

也許那故事在講一個富裕又善良的王子拯救街上的人民吧。

……不，可是那樣就不符合希耶絲塔剛剛說的「不幸」了。

「但是呀。」

希耶絲塔說著，睜開眼睛。

然後她臉上浮現出感傷的表情，繼續說明故事內容。

「那所謂的寶物，其實是王子雕像本身。」

「……什麼意思？不是他有很多錢或鐘錶之類的？」

「嗯，其實這個心地善良的王子雕像，全身上下都有用金箔和寶石裝飾。然後他為了救濟街上的窮人，就把自己身體的一部分分給了他們。」

「……削落自己的身體、嗎？」

我對於王子那樣可謂自我犧牲的奉獻行為頓時湧起一股難以言喻的情感，胸口感到苦悶起來。

「紅寶石的劍、藍寶石的眼睛、覆蓋全身的金箔。王子雕像把這些寶物都分給了街上的人們後，自己最後只剩下鉛造的心，樣貌變得寒酸不堪。」

如此描述的希耶絲塔，把手輕輕按在自己的左胸上。

「那樣太可憐了！」

小愛即便明知那只是虛構的故事，也依然由衷為王子雕像感到同情地叫了出來。不惜犧牲自己也要拯救別人。那想必是難能可貴的行為才對，但我同時也莫名覺得非常哀傷。

「然而，這故事可不是到這邊就結束囉。」

希耶絲塔彷彿把人點醒似的聲音，讓我不禁把頭抬了起來。

「這座王子雕像其實有一位寶貴的知己。」

「「知己？」」

我和小愛異口同聲地回問。

接著，希耶絲塔說了一句「這同時也是這本書的書名由來」之後——開始向我們描述起直到最後都陪伴在王子雕像身邊的一隻小燕子的故事。

那是即便不為他人理解，依然獨自陪伴在心愛對象身邊、直到最後的黑色小鳥的故事。

【第一章】

◆時隔一年再度展開的冒險活劇

「心情稍微鎮定下來了嗎？」

從浴室門外傳來希耶絲塔的聲音。

「……是啊。」

我則是泡在浴缸中，深深吐一口氣並如此回應。

——那之後，希耶絲塔主張「要有健全的身體才有健全的思考」，半強迫我入浴洗澡。不過也多虧如此，我原本無論在肉體或精神上的緊繃都得到放鬆，瀰漫腦中的濃霧也逐漸散去。

「記得順便刮個鬍子喔。」

「好。」

「自己一個人會刷背嗎？」

「沒問題。」

「不可以在浴缸裡尿尿喔。」

「……我是什麼小鬼頭嗎？」

我忍不住苦笑。

她究竟把我當幾歲了？

「因為人家不曉得你到底成長了多少嘛。」

透過浴室門上的霧面玻璃可以看見希耶絲塔坐到地板上的背影。

「士別三日就該刮目相看……不是嗎？」

這可是你自己說過的話──希耶絲塔如此說道，讓我想起了這件事。

「說得也對，沒錯。」

而我們的狀況別說是三日了，根本是整整一年。

──時隔一年，我和希耶絲塔在今天才真正重逢。

「話說回來，沒想到你還住在跟四年前同一間公寓呢。」

從脫衣間傳來希耶絲塔忍不住輕輕笑出來的聲音。

今天，她就跟以前一樣，彷彿把這裡當自己家似的，用《七種道具》之一的萬能鑰匙闖入了我家。

「……我才要說『沒想到』啊。」

與風靡小姐交戰的那天黎明，我曾立下誓言，總有一天絕對要把希耶絲塔救回來。

當然我很清楚，那並非能夠輕易實現的願望。正因為如此，我當時甚至做好了賭上一切的覺悟。不過就在此刻，那份願望居然真的——

「妳應該不是《希耶絲塔》吧？」

那位女僕的身影閃過腦海，讓我忍不住這麼詢問。

畢竟這兩個女孩光看外表是難以區別的。

「你這傢伙，是笨蛋嗎？」

結果這句教人懷念的臺詞伴隨銳利的口吻從脫衣間傳來。

「都已經交談了這麼多，你還沒辦法相信？」

「……嗯，說得也是。」

會用那句話責備我的，世界上也只有一個人——就是妳，希耶絲塔。

因此，我的願望可說是實現了。

然而還是有一項理由，讓我無法由衷感到高興。

因為這個結果是靠著難以挽回的代價交換來的。

「是說，你們順利跟那孩子相遇了呢。」

正當我的視野又逐漸模糊起來的時候，希耶絲塔的聲音插入我的思緒。從前文脈絡判斷，希耶絲塔講的「那孩子」應該是指《希耶絲塔》吧。

「是啊。妳提出的課題，我們也都克服了。」

希耶絲塔透過那位女僕向我們提出課題，引導我們解決了各自心中的煩惱與問題。然而對希耶絲塔而言唯一的失算，大概就是我們選擇了跟她原先預想不同的未來吧。

「女僕的《希耶絲塔》現在在哪裡？」

我對希耶絲塔本尊這麼問道。幾天前我在《ＳＰＥＳ》原本的根據地遇到的《希耶絲塔》似乎是活在機械終端機裡的樣子。

「那孩子現在正在負責另一項工作。然後我是從她那裡接收萬能鑰匙到這裡來的。」

這麼說來，當時我在那間研究所把鑰匙交還給《希耶絲塔》了。也就是說，那位女僕或許打從一開始就預測到希耶絲塔會這樣甦醒過來吧。

「希耶絲塔，妳……」

——究竟是怎麼甦醒的？

這個疑問差點脫口而出，但我又把它吞了回去。

畢竟不用問也知道。

而希耶絲塔本人恐怕也是在理解這點的前提下，來到這裡的。

「所以說我現在應當做的，就是救助同伴。而為了達成這個目的，必須盡快打倒席德。」

希耶絲塔說出了想必從四年前……不，從六年前就存在於她心中的夙願。

認識我之前，她就在那座島上遇過席德。然而她當時落敗，讓自己跟設施、組織以及同伴們相關的記憶全部都被奪走了。即便如此也唯獨沒有遺忘使命的她依然繼續追查席德的下落，與我一同對抗《SPES》，度過了三年的歲月。

這段故事最後的結局，就是希耶絲塔喪命了。然而就在那時候，希耶絲塔成功讓自己的意識連同心臟一起寄宿到敵人海拉……也就是夏凪的身體內。希耶絲塔後來藉此與海拉交流記憶，尋回了自己過去喪失的東西。

「我把重要的事情都忘記了。」

隔著一扇薄薄的浴室門，希耶絲塔靜靜地說著。

「六年前，我其實認識渚的事情。還有當著眼前失去愛莉西亞的事情。明明唯有這些過去，我絕對不可以遺忘的說。」

她的聲音消沉。但我比誰都清楚，這位叫希耶絲塔的少女絕不會就此善罷干休。

「我不會再遺忘，不會再讓記憶被奪走。不再迷惘，也不會再輸。所以說……」

希耶絲塔帶著一股熱意的聲音彷彿突破門板，響徹浴室。

「我希望你能再一次當我的助手。」

霧面玻璃上浮現我熟悉的身影。

四年前，我們在這裡也交談過同樣的話題。

印象中那時候我還拒絕她了呢。我回憶著那段往事，最後往臉上潑了一下熱水。

「——好。妳再讓我當一次妳的助手吧。」

差不多該是從這溫吞的浴缸水中出去的時候了。

「所以拜託妳，希耶絲塔。跟我一起想想拯救齋川的方法。」

幾天前，齋川身為讓《原初之種》寄生的候補人選，被席德不知帶到了何方。

不過考慮到席德的目的是將齋川當成容器，所以齋川應該沒有被殺掉才對。

「嗯，席德從以前就一直希望得到完美的容器。但現在既然對象不是最佳候補人選的我和海拉，而是要把齋川唯當成容器，我想必須透過某種準備工作的可能性就非常高。因此應該還來得及把她救出來才對。」

「真的嗎！那……」

「放心，我當然也會把唯救回來的。」

希耶絲塔斬釘截鐵地如此表示……可是……

「也會？」

她的講法讓我感到有點奇怪。那樣彷彿是說除了齋川以外還有其他拯救對象一樣……難道是在講夏洛特嗎？然而夏洛特此刻正在加護病房。雖然講起來很不甘心，但應該沒有我們能做的事情才對。

「難道……」

我的胸口頓時發出吵人的心跳聲。即使甩頭告訴自己不可能有那種事情，但如果那種事情真的有可能，我心中還是忍不住想要寄託那一絲的希望。就這樣經過短短一瞬間但讓人感覺漫長如永恆的沉默之後，希耶絲塔開口說出的一句話是：

「我不會放棄夏凪渚。」

◆冰冷的記憶

「希耶絲塔，那到底是什麼意思？」

後來急急忙忙從浴室出來的我，如此詢問回到起居室的希耶絲塔。

為了搞清楚她剛才說「不會放棄夏凪渚」的意圖。

「頭髮不吹乾會感冒喔。」

然而希耶絲塔卻這麼說著，輕輕拍了拍她旁邊的坐墊。是要我坐到那裡的意思吧。

「來，把毛巾給我。」

我在坐墊上盤腿坐下後，希耶絲塔從背後用毛巾輕輕擦拭我的頭。矮桌上還可以看到外送披薩的盒子，大概是她趁我洗澡的時候訂餐的吧。

「畢竟要有健全的身體才有健全的思考呀。」

身體洗乾淨之後接著要填飽肚子才行是吧。

我想起這三天來自己都沒有吃過任何東西，於是打開披薩盒。

「……披薩什麼時候開始做成這種像大嘴巴（Pac-Man）的形狀了？」

「……因為人家有點等不及你洗澡出來嘛。」

我轉頭仔細觀察希耶絲塔的臉，發現她嘴角沾了起司。

對於還是老樣子的她，我不禁苦笑，我們便就著矮桌開始吃起披薩。我也已經一年沒有像這樣與希耶絲塔共餐了。

「……真好吃。」

在疲憊的身體中，懷念的垃圾食物味道滲透至每個角落。四年前，我也曾經像這樣與希耶絲塔一起吃過披薩。後來我就和她踏上冒險之旅，度過長達三年眼花撩亂的非日常生活。

一次又一次與《人造人》的戰鬥，一件又一件出乎預料的案件。每當順利解決這些問題之後，我們總會用可樂乾杯慶祝，像這樣吃一頓大餐。
……那真是一段幸福的時光。洗澡吃飯，與珍惜的對象交談閒聊。然而這些都是唯有此刻活在世上的人得以享受的特權。除此之外的人則是——夏凪則是——
「助手。」
回過神時，我發現希耶絲塔用指尖擦拭著我的眼角。
原來我是如此脆弱的人嗎？
「……抱歉。」
「如今還說什麼呢。」
我和希耶絲塔不約而同地苦笑。
「你脆弱的部分，我也全部都知道呀。」
所以沒關係——她說著這種像是我爸媽的話。
「但是這一年來的事情妳就不曉得了吧？」
「說得對。不過……」
希耶絲塔臉上的笑容這時變得像感到傷腦筋似的微笑。
「只有你努力想要讓我復活的事情，我知道。」

是嗎，這樣啊。大約十天前，與風靡小姐交手那一戰之後，我對著《希耶絲塔》……同時對著夏凪的心臟叫喚的那段黎明誓言，原來都有被她聽到。

「那妳不說嗎？」

我詢問坐在對面的希耶絲塔。

「說什麼？」

「妳每次在講的那句話。」

就算她罵我是笨蛋也不奇怪。我甚至覺得她應該要罵我。只要想到我那個願望這次導致了什麼樣的結果──

「我不會說的。」

希耶絲塔這麼表示，但我沒辦法看向她的臉。

「我不可以說呀。」

聽到她這麼說，我這才抬起頭。希耶絲塔目不轉睛地注視著我，而且不知道是不是我的錯覺，總覺得她的眼眸看起來有點溼潤。

「……現在的我或許沒有資格講這種話吧。」

但是──如果不講出來，一切都會變得虛假。

「很高興能夠再見到妳。」

因此，我把一直講到嘴邊又吞回去的這句話告訴希耶絲塔。

「嗯，我也是一樣。」

她並沒有像以前那樣調侃我，而是帶著微笑接受了我這句話。

然而無論我或希耶絲塔，在真正的意義上都沒有辦法對現今這個狀況感到高興。我的願望的確實現了，但這不是我期待的故事結局。這樣再怎麼說都稱不上是Happy end。

「吶，希耶絲塔。妳說妳不會放棄夏凪，到底是什麼意思？」

因此，我又再一次這麼詢問她。

「我現在其實也沒辦法斷定。不過，有誰實際看到夏凪渚真的死了嗎？」

……原來是這樣。希耶絲塔還不曉得那件事情。

剛才一瞬間似乎乍現的光明這下又立刻消失了。

「——我有看到。我有握到夏凪逐漸變得冰冷的手。」

三天前看到的景象閃過腦海，讓一股酸液從我胃底竄了上來。

那天，我在醫院的病床上聽風靡小姐說夏凪已經死了。然而我當時沒辦法輕易相信那種事情。就算撇除感情，我理性上同樣認為不應該輕易相信。

畢竟就在一年前，我對希耶絲塔的死也曾有過重大的誤會。那時候由於參宿四的《花粉》導致部分記憶喪失的我，後來聽到風靡小姐告知希耶絲塔已死，然而到最後才發現真相不然。

因此我這次對於風靡小姐說的話也沒辦法完全照字面上的意思解讀，結果後來我奔出病房——遇到了一名醫生。那名男子表示自己是那間醫院的院長，並且帶我來到一間病房。就在那裡……

「我看到裝著人工呼吸器的夏凪渚躺在病床上。」

她身上連接著大量管線。那景象看起來有如醫院正透過世上各種科學力量努力嘗試拯救一名少女。

「也就是說，渚果然還……」

「還活著。我當初也是這麼想的。」

雖然尚處於無法鬆懈的狀態，但至少夏凪還活著。她接下來肯定還有獲救的可能性。對於懷抱這份希望的我，醫生卻告訴了我一句：

『——夏凪渚現在處於腦死狀態。』

所謂腦死，一如字面上的意思就是指一個人的大腦已經完全停止機能的狀態。至於恢復的可能性——是零。患者不會再清醒過來。世界上有許多國家把腦死直接視為判斷死亡的標準。

即便裝著人工呼吸器與持續投藥讓心電圖上還會呈現平靜的波動，但也撐不了多久的時間。只是由於夏凪舉目無親，沒有人可以做出拆掉人工呼吸的判斷，所以醫院才維持這樣的措施罷了。

後來沒過多久，夏凪的狀況驟變，進入謝絕會面的狀態。而在那一刻前，我最後握到她的手寒冷得有如冰塊，一點都不符合她的名字。

「原來是這樣。」

希耶絲塔聽完來龍去脈後，沉下眼皮似乎在思考什麼。

「所以也沒辦法確認渚的現況，是嗎……」

沒錯。就像我剛才說過的，如今已經沒有辦法與夏凪會面了。或者說考慮到醫院判斷謝絕會面的意義，就能在某種程度上推測夏凪究竟發生了什麼狀況。她果然已經——

「現在夏凪的狀況如何，我不知道。」

我把腦中其實早已得出的答案揮散，如此告訴希耶絲塔。

「不過我倒是可以想到一個人物，應該知道夏凪變成這樣之前的經過。」

「你是說……」

希耶絲塔似乎也想到了那個人物，頓時蹙起眉頭。

「沒錯，就是妳的學妹——米亞·惠特洛克。」

◆女僕夜舞

「原來如此，你也見過米亞。」

在前往**目的地**的車上後座，希耶絲塔在我旁邊如此說道。

米亞・惠特洛克——是守護世界的十二名《調律者》之一，職位為《巫女》。她擁有預知世界重大轉捩點的能力，而在大約一週前——為了尋求讓希耶絲塔復活的線索，我和夏凪一同飛往了米亞所在的倫敦。

「是啊，我們聊了很多關於妳的事。」

我回想起那一天在倫敦與似乎是希耶絲塔學妹的米亞交談過的內容。包括希耶絲塔在認識我之前，過去是如何和《原初之種（席德）》扯上關係；《聖典》是經由什麼樣的原委被送到《ＳＰＥＳ》陣營；以及在那過程背後，希耶絲塔是抱著什麼樣的覺悟——

「你生氣了嗎？」

希耶絲塔沒有把視線轉過來，只用嘴巴這麼問我。

「對於我在那三年內隱瞞了你這麼多事情。」

……說得也是。例如現在那個交戰敵人的真面目，希耶絲塔自稱《名偵探》的真正意義，還有她的交友關係。希耶絲塔一直以來都沒有把關鍵的部分告訴過我。

「既然妳有必須隱瞞的理由，我也不會對妳生氣……但是。」

希耶絲塔聽到我這麼說，似乎把頭轉了過來。

「唯有犧牲自我的那種做法，我不能接受。」

這不只是針對希耶絲塔，而是我對兩位偵探都想說的話。

「……說得、也是。」

希耶絲塔眺望著車窗外即將西落的夕陽，小聲回應。

「話說回來，沒想到米亞會在日本呢。」

後來，希耶絲塔就像切換了心情似地說著「我已經一年沒見到她了」並露出微笑。

米亞現在似乎不在倫敦，而是在日本這裡的樣子。以前她發現預測的未來出現變化的時候，也曾為了親眼確認而到訪過日本。因此這次迎接了「《名偵探》復活」這樣一個世界的重大轉捩點，《巫女》也不可能不來觀測的。

「然後米亞有可能知道渚變成現在這樣的原因。」

「沒錯，至少對於我不曉得的檯面下動向，她應該知道才對。」

這就是我們現在前去拜訪米亞的理由。大約一週前，米亞與夏凪在倫敦的鐘塔上有過一段祕密交談。而我們為了得知那段幕後祕辛，正在前往米亞此刻應該所在的**某個場所**。

「不過希耶絲塔，妳還好嗎？」

聽到我這麼問，希耶絲塔不解意思地疑惑歪頭。

「我是說，妳才剛甦醒過來對吧？忽然就這樣行動。」

換言之，我這時才注意到自己沒有顧及希耶絲塔的身體狀況就把她帶出門，而不禁感到在意起來。

「我可沒落魄到需要讓你擔心那種事情。」

然而我的操心似乎只是杞人憂天，希耶絲塔閉著眼睛這麼嘀咕。

「況且現在也沒時間呀。」

「嗯，說得對。」

距離齋川被調整為席德的容器，肯定沒有剩下多少時間。我接著對駕駛說道：

「可以再開快一點嗎？《希耶絲塔》。」

結果坐在駕駛座上握著方向盤的少女透過後照鏡對我瞄了一眼。

「被君彥下指示果然還是讓人很不爽呢。」

那少女正是以前那個女僕版本的《希耶絲塔》——她也跟著名偵探本尊一起回到了日本。不過由於身體已經歸還給真正的希耶絲塔，所以現在她得到了全新的肉體。可是……

「請問您怎麼了嗎？難道是對全新的我看得入迷了？」

或許是察覺到我的視線，《希耶絲塔》面不改色地這麼詢問。

「就算妳說『全新的我』……到頭來外觀都一樣啊。」

換言之，在我眼前的這名少女還是跟以前一樣，有著彷彿跟希耶絲塔同一個模子做出來的身體。和本尊不同的地方頂多只有那身女僕裝打扮，以及頭髮上沒有髮飾之類的部分。

「是呀，畢竟這就是《我》。」

不久之前，《希耶絲塔》還在接受某位將《SPES》的研究設施當成據點的神祕醫生修理。那麼她現在這個肉體會不會也是那位醫生製作出來的？

「然而遺憾的是，現在的我並沒有在戰鬥方面做什麼特別設計。既然身體與心靈都是機械了，其實把我改造成一具戰鬥女僕機器人也好的說。」

補上這麼一句話的《希耶絲塔》映在後照鏡上的表情依然沒有變化。

「就算妳說『心靈是機械』，我也沒那種感覺啊。」

對於那樣的她，我稍微吐槽了一下。

「至少，會為了別人許願的傢伙，不可能只是單純的機械吧。」

不惜違背主人的命令，也要許下拯救主人的願望……會懷抱這種矛盾的她，毫無疑問擁有真正的心靈。

「妳說對吧，希耶絲塔？」

「……嗯，我從來沒有想過自己居然會有對你們驚訝到這種程度的一天。」

以希耶絲塔的個性來說，她難得會如此坦率承認自己落敗，不過她的嘴角卻看起來有點上揚。

「既然這樣，必須幫妳想個名字才行。」

希耶絲塔說著，看向駕駛座。的確，無論就區別這兩個人的意義上，或者就新生命誕生的意義上，都應該為《希耶絲塔》取一個新的名字才對。

「您願意為我取名字嗎？」

停車等紅燈的同時，《希耶絲塔》透過後照鏡驚訝地眨了眨眼睛。

結果希耶絲塔從車後座把身體探到前方，把一枚月亮形狀的髮夾配戴到《希耶絲塔》銀白色的秀髮上，並且說道：

「妳的名字，就叫諾契絲（Noches）。（註1）」

哦哦，對於至今一路背負著白天之名的她來說，這的確是很好的新名字。

註1　Noche於西班牙文中指「夜晚」。

◆那一日的真相，最後的願望

「一週不見啦，米亞。」

後來抵達目的地的我，首先對於今天預定要找的對象確實就在這地方的事情鬆了一口氣。

「忽然跑來說什麼想見面，你這個人果然很沒節操呢。」

米亞・惠特洛克用右手撥開她青色的秀髮，對我瞥了一眼。她身上一如往常地穿著一襲工作用的巫女裝。

「原本應該是講好了，若有什麼進展，會由我這邊跟你聯絡才對吧？」

對，其實除了關於夏凪的事情之外，我原本有委託米亞另一件事情。那就是請她觀測下一次到來的世界危機……也就是跟《原初之種（席德）》下一次現身相關的事情。

雖然我知道不會那麼簡單就如我所願，但我依然相信那可以成為尋找齋川下落的線索，於是將希望託付於米亞。

「抱歉，因為現在狀況改變了。」

我和米亞相隔幾公尺的距離面對面。

在她背後可以看到一整片日本首都的遠景。

這裡是全日本最高的電波塔上的展望臺——米亞・惠特洛克就跟在倫敦的鐘塔

上一樣，在這個能夠把城市景觀盡收眼底的場所扮演著自己身為《巫女》的角色。

「……只有你來嗎？」

米亞望著玻璃牆外面暮色低垂的景色，對我這麼詢問。

現在這裡只有我和米亞，除此之外連一名觀光客都沒有……也就是說……

「妳說希耶絲塔的話，她不在這裡喔。」

聽到我這麼說，米亞的肩膀頓時抖了一下。

用不著確認也知道，她這次來到日本最大的目的就是那個。

「因為我們在過來這裡的途中**被捲入**了一點小麻煩，所以希耶絲塔現在正在處理那邊的問題。」

「也就是說你還是老樣子了。」

米亞輕輕嘆一口氣後，再度看向我。

「然後呢？**你實際上是來這裡做什麼的？**」

她淡紫色的眼眸筆直地盯著我，不允許接下來有任何謊言或掩飾。不過那對我來說也是求之不得。

「我想跟妳確認一件事情。」

吐一口氣調整呼吸後，我對米亞問道：

「希耶絲塔是藉由夏凪的心臟復活的對吧？」

那是我和希耶絲塔之間不言而喻的共同認知。一年前，希耶絲塔由於失去心臟而喪命後，其肉體被保存在低溫狀態，以假死的狀態延命下來。因此如果要讓那樣的希耶絲塔在真正的意義上復活，必要的零件只有一個——就是心臟。

希耶絲塔藉由《種》的力量能夠將自身意識寄宿在她的心臟中。換言之，只要那顆心臟回到她的身體……肉體與精神又能再度合而為一，使希耶絲塔復活。若光論原理構造，其實極為單純。

然而那之中存在著一項大問題，非常非常大的問題。即關鍵的那顆希耶絲塔的心臟是被埋在夏凪渚的身體之中。過去夏凪（海拉）與希耶絲塔交戰時讓自身的心臟受損，後來便一直在倫敦街上無差別地攻擊市民，尋找可以替代的心臟。而她最後總算找到適合自己的，就是希耶絲塔的心臟。也因此，假如再度失去那顆心臟，夏凪就——

「沒錯。」

米亞面不改色地繼續盯著我。

「夏凪渚自己察覺了那樣的可能性，於是向我問道：萬一自己死了……如果把這顆心臟**物歸原主**，《名偵探》是否就能復活？」

——果然是這樣。夏凪當時心中早已做好了覺悟。

透過自己的死，或許就可以讓希耶絲塔復活。

所以一週前在倫敦，她才會向我說出那樣的約定：

『不論用上什麼手段，我一定會把希耶絲塔帶回你身邊。』

不論用上什麼手段。就算犧牲自己也在所不惜。

「……米亞，妳當時沒有制止她嗎？」

我感受著自己的指甲深深刺在手掌上，詢問對方。

「是的。」

「為什麼……！」

「因為！」

米亞的叫聲響徹展望臺。

「所謂改變未來就是這樣的事情不是嗎！」

肩膀激烈顫抖的她，爆發出至今最深的怒氣，以及更深的哀傷。灑落著一滴滴豆大的淚珠，對著我，或者可能是對她自己發起飆來。

「不論是再怎麼難受的選擇，如果是為了真心希望實現的願望，我們也只能……！」

……啊啊，對了。那是我向米亞提出的委託。拜託她一同把希耶絲塔帶回來，希望她為此尋找一條新的未來（路線）。最後得到的結局，就是現在這樣。

一年前，希耶絲塔死去，靠她的心臟讓夏凪活了下來。

然後現在，夏凪死去，靠她的心臟讓希耶絲塔復活了。

這是唯一讓我期望的奇蹟得以實現的X路線，最終的結局。

「是我，讓妳們這麼做的吧。」

讓米亞，還有讓夏凪。既然如此，我根本沒有資格責怪她們。

『不論要付出多大的犧牲，償還多大的代價，你都要努力完成自己的心願，千萬別停下腳步。』

我回想起蝙蝠最後對我留下的那句話。

我本來以為自己早就做好覺悟了。

但我所謂的覺悟是把《種》吞下，也就是付出我自己的身體。

即便會讓身體的一部分或多或少的壽命被《種》吸收，如果因此可以讓希耶絲塔復活，我就樂意付出那些代價。

……但是我卻沒有考慮到夏凪抱著同樣想法的可能性。我沒有注意到其實不只是我，夏凪同樣懷抱著無論如何都希望把希耶絲塔救回來的激情。

沒錯，夏凪和希耶絲塔認識得比我更早，在六年前就相識了。之後她們兩人都被席德奪走記憶，以敵人的身分再度相遇，最終死別。

不過那場死別實際上是希耶絲塔對夏凪的獻身行為。希耶絲塔利用自己的心臟實現了夏凪想要讓人生重新來過的願望，想要去學校上學的希望。既然如此，尋回記憶、得知一切的夏凪會產生這次應該輪到她，不惜犧牲自己也要拯救希耶絲塔的念頭，其實現在想想也是很自然的事情。

「渚當時就像鬆一口氣似地笑了。」

米亞不斷擦拭著眼淚說道。

「當然，她並沒有一開始就做送死的打算……不過她說這下自己總算有了一個身為偵探應該完成的工作，說這樣終於可以對學姊，還有對你報恩了。」

「……！」

那樣根本錯了。有恩未報的不是夏凪，應該是我才對。

「我有問過渚：妳不會害怕嗎？這樣真的好嗎？」

米亞望著窗外的遠景。

「結果她說這只是把借來的東西還回去。說這才是正確的路線。」

渚是這麼說的——米亞把那天的幕後密談告訴了我。

「怎麼可能正確。那才不是我期望的未來……」

「是呀，我也不認為那是正確的。我不可能那麼認為。」

她透過展望臺的玻璃窗看向夕陽餘暉染紅的天空，低聲呢喃。

「那樣的選擇不可能是正確的。我當下就知道，至少那不是君塚君彥所期望的未來。當初我是那樣被你說服，那樣被你撼動內心，變得希望對你提供協助……但假如最後的結果是這樣，我覺得就算被你揍了也無從抱怨。」

即便如此──米亞繼續說道。

「我當時還是沒辦法否定夏凪渚的那個選擇……沒辦法否定她的激情。」

一滴淚滑落她的臉頰。

一年半前，米亞沒能阻止希耶絲塔賭上一切的時候，是不是也像這樣哭過？

「所以我根本沒臉見學姊。我不惜背叛了學姊的心願，選擇以夏凪渚的激情為優先。所以──」

「──才沒那種事。」

就在這時，展望臺響起除了我和米亞以外第三者的聲音。彷彿被劃破空氣的聲音吸引似的，米亞用力轉頭，把視線望向我身邊。

「好久不見，米亞。」

巫女與偵探，兩名正義使者睽違一年終於重逢了。

◆名偵探二度發誓

「學、姊……」

米亞．惠特洛克呆滯地望著白髮的名偵探。

關於希耶絲塔復活的事實，或是其復活的可能性，米亞當然也早已知道才對。

然而那想必在她腦中終究只是當成一項情報理解而已。

面對離別一年，本來不可能會實現的重逢，米亞當場僵在原地流下眼淚。

「看來妳愛哭的個性還是沒變呢。」

在我身旁，希耶絲塔臉上浮現微笑。

「……我並不記得自己有在學妹面前哭過那麼多次呀。」

相對地，米亞則是態度尷尬地把臉別開。

見到她那模樣，希耶絲塔不知為何嘆著氣朝我瞪了一眼。

「你那種動不動就想惹女孩子哭的壞習慣，我覺得還是快點改掉比較好喔。」

「沒有人會想要自己製造混亂局面好嗎？」

「不過你這老樣子也可以說反而讓人放心多了呢。」

「真是討厭的放心要素。」

雖然我老樣子的體質到剛才還給她添麻煩倒是無從否定就是了。

「而且每次遇到這種時候，都是由我出面呀。」

希耶絲塔說著，朝米亞踏出一步。

「……！」

但米亞卻表情一皺。

她到此刻依然覺得，自己沒有資格面對希耶絲塔。

「我否定了學姊想要守護的未來，然後找出來的新路線又奪走了一條生命。明明我很清楚這樣誰也不會幸福的。」

沒錯，米亞自己也不認為這樣的結局是對的。然而她當時只能夠這麼做。她沒有辦法對夏凪的激情視而不見。米亞過去沒能拯救自己的恩人，這次得到了彌補那份遺憾的機會……但代價卻是又犧牲了另一名偵探。

一週前在倫敦，米亞踏出了全新的一步。然而這並不表示她的腳尖就朝著自己期望的未來。

「對不起。」

哭紅眼睛的米亞用這樣率直的話語低頭道歉。

「我這次又沒能阻止《名偵探》賭上一切。即便明知那或許是錯誤的選擇，我也什麼都做不到。我、我……！」

「不對。」

希耶絲塔打斷米亞的話，將她緊緊擁抱。在希耶絲塔的懷抱中露出米亞驚訝的表情。

「首先第一點，應該道歉的人是我才對。米亞，對不起。」

希耶絲塔如此向米亞道出歉意。

「……為什麼、學姊要道歉？」

或許因為不明白希耶絲塔的意思，米亞圓滾滾的淡紫色眼睛神情搖盪。

「以前由於我任性的要求，害妳留下了難受的回憶。對於那件事，我希望再度跟妳道歉。」

那是指距今一年半前的事情。希耶絲塔將最終自己會遭到犧牲的可能性也考慮在其中，擬定出故意讓《聖典》被敵人盜走的作戰計畫。然後為了實現這項計畫，她向米亞提出了協助請求。

「……學姊那樣做只是為了達成身為《調律者》的使命而已。是我自己對那方面的覺悟不夠。」

米亞說著，在希耶絲塔的懷中流淚。

「而這次我又……」

「我說了，那樣講不對。」

但希耶絲塔卻抓住米亞雙肩，用強而有力的語氣主張。

「因為這條故事線還沒有落幕呀。」

聽到這句話，米亞當場睜大眼睛。

「現在的確由於渚的犧牲讓我復活了。可是，**又有誰規定到這邊就是結局？**」

不只是米亞，希耶絲塔這句發言同樣讓我全身一顫。

就好像我曾經發誓，直到希耶絲塔復活之前絕不會讓這段故事結束一樣。

希耶絲塔在如此絕望的狀況中同樣沒有放棄夏凪渚。

「米亞，聽好囉。」

在這座展望臺上，在這個日本的中心，希耶絲塔開口宣告。

「我絕對會把夏凪渚救回來給你們看。」

就像她也沒有放棄過我一樣——希耶絲塔對著米亞與我，又或者可能是對她自己如此宣誓。

「……真的嗎？」

米亞用宛如小孩子的聲音詢問希耶絲塔。

希耶絲塔則是擦拭著米亞的眼淚，用一臉微笑說道：

「嗯，畢竟我喜歡的是Happy end的故事呀。」

◆號令響起

「對不起。」

後來過了一段時間，米亞再度向我們低頭道歉。

但她道歉的原因跟剛才不一樣。

「這個與《原初之種》相關的未來，現在的我不管怎麼嘗試都無法觀測。」

我們本來是希望請米亞觀測跟席德這個《世界之敵》相關的未來，然而不出所料以失敗告終了。

「嗯，這也沒辦法。我知道這能力並沒有那麼方便，想看到什麼就能看到什麼。」

「……是沒錯啦。」

可是米亞卻好像欲言又止地用視線對我瞄了又瞄。

「怎麼啦？有什麼話難以啟齒嗎？」

我周圍的人通常都是在這種事情上不會對我客氣的類型才對。

「她應該想說這都是你害的吧？」

當中的頭號代表就是我身邊這位白髮少女。

「妳說米亞無法看到未來的原因是出在我身上？」

怎麼可能有這麼鬼扯的事？——我不禁看向米亞，結果她尷尬地把視線別開了。居然真的是我的問題啊。

「我做了什麼？」

「你改變了未來。」

希耶絲塔代替米亞簡潔有力地說道。

「在我原本預想的未來中，是你、渚、夏露與唯會將《ＳＰＥＳ》……將席德打倒。」

當然，這只屬於願望的範疇就是了——希耶絲塔這麼表示。那就是她的遺志……我、夏凪、夏露與齋川是希耶絲塔留下來的遺產。

「然而你們後來卻步上了連我都沒能想像到的路。」

……是啊，沒錯。由於我無法放棄希耶絲塔，於是和夏凪她們一同開始摸索讓希耶絲塔復活的可能性。這是巫女和名偵探都沒有預測到的未來。

然後導致的結果就像現在這樣——夏凪喪命，齋川被敵人帶走，夏露陷入重傷狀態。我們走上了無論跟希耶絲塔原本的期待或是跟我心中的理想都相去甚遠的路線。

「現在，未來變得非常難以確定。」

原本閉著眼睛聽我們講話的米亞緩緩睜開眼皮說道。

「由於你們擾亂了未來的結果，關於和《原初之種(席德)》的攻防上已經變得不存在固定的路線。最後究竟哪一方會勝利，包含其過程在內都沒有我能夠觀測的部分了。」

這就是《巫女》米亞·惠特洛克得出的結論。即便是她這位能夠看穿未來的《調律者》，也看不到這段故事的最後結局。不過——

「換句話說，這代表我們還沒有輸。」

現在的確與原本想像的路線完全不同，也失去了三位重要的夥伴。但此刻在我身旁還有最後的希望。

「妳說對吧？希耶絲塔。」

我看向名為名偵探的希望。

既然未來不確定，就靠我們的手打倒世界之敵。

然後把夥伴們全部救回來。這就是希耶絲塔心目中的故事終點。

「嗯——我就是為此回來的。」

希耶絲塔臉上虛渺的微笑，並不像故事中英雄主角那般充滿自信。

然而即便在如此看不見絲毫光明的狀況中，只要她像這樣在身邊，我就有種還能看到明日的感覺。

「助手。」

希耶絲塔這時伸手指向我胸口。不知不覺間，我放在外套內側口袋的手機震動起來了。於是我確認螢幕上顯示的名字後，接起電話。

『嘿，臭小鬼，你差不多從被窩裡出來了吧？』

從手機喇叭傳來對方吐煙的聲音。

打電話來的是加瀨風靡——第一個把夏凪渚的死訊告知我的人物。

「風靡小姐，我們果然還是對夏凪……」

『——君塚君彥。』

從電話另一頭傳來冰冷到凍結的聲音。

『你有空在那裡寄託希望就給我拿起武器。』

……對，我知道。加瀨風靡就是這樣的人。

她背負著身為《暗殺者》的使命，是討伐世界危機的正義使者——不，是惡棍的敵人。她絕不會寄託於一時的感情或1%的希望，只相信確實的理論與自己長年累積的實力，靠這些擊敗世界之敵。而我接著很快便知道，需要這些力量的狀況已經迫在眉睫了。

「——嗚！」

一切的異狀從突如其來的耳鳴開始。

有如一只巨大的撞鐘在耳邊響起似的感覺，很快導致頭痛與噁心，讓我忍不住放掉手機，當場跪下。

「君彥？……學姊！」

米亞跑到我面前，但很快又看向希耶絲塔。

看來只有我和希耶絲塔感受到這個奇怪的現象。

「……這是、什麼？」

和我一樣跪到地板上的希耶絲塔用手按著自己的胸口，因為這奇怪的現象皺起眉頭。

『敵人來了。』

從掉到地上的手機再次傳來風靡小姐的聲音。

緊接著，我聽到遠方響起巨大的爆炸聲。

「這次又是、什麼……」

頭痛與噁心的感覺總算稍微舒緩下來後，我站起身子望向窗外。

「到底發生了什麼事？」

從四百五十公尺的高空，我目擊到巨大的《觸手》在攻擊高樓大廈群的景象。

◆植物都市20××

「這是、怎麼回事……」

過了一段時間，總算從莫名其妙的身體不適恢復的我和希耶絲塔，接著從電波塔趕赴**現場**。但是對於眼前這片實在太過誇張的景象，我不禁當場呆住。

日落後的街上，附近一帶的大樓都被一根根又粗又長、除了「巨大《觸手》」之外無從形容的植物樹根纏繞著。高架橋上的鐵路也長滿大量藤蔓，應該是原本在行駛中的列車有如被五花大綁似地停在半途。現場一片混亂——行人四處逃竄，各處發生交通事故，竄起黑煙與火舌。

「助手！」

就在這時，我的身體忽然感受到一股強烈的衝擊。

「……嗚？」

我回神才發現自己倒在柏油路上，被希耶絲塔全身覆蓋。

接著下個瞬間，一根行人號誌燈倒落在我們旁邊，那支柱上也纏著神祕的植物。看來我剛剛應該仔細想想為什麼會到處發生車禍才對。

「到底發生什麼事……」

我被希耶絲塔一把拉起身後，再次環顧四周。地面龜裂，建築物上纏繞著植物。號誌燈與交通標誌也都遭到破壞，不少人早已棄車逃跑。現在這座城市正逐漸被植物……不對，是被《原初之種（席德）》所支配。

「助手，看那邊。」

希耶絲塔伸手一指，催促我看過去。有一條《觸手》正在襲擊沒能來得及逃跑的年輕男子，把他全身都捲了起來。接著那條《觸手》就把男子不知要抓到哪裡去。

「希耶絲塔，我們追！」

敵人如今還把一般民眾抓走到底想做什麼？

席德的主要目的應該不是攻擊人類才對啊……

「照這樣追也追不上。助手，這邊。」

希耶絲塔這時拉起我的手往旁邊衝，沿著近處一棟大樓的室外逃生梯奔向上頭。就這樣來到較高的地點，觀察那條《觸手》的去向。

「那是……」

遠處一棟特別高的商業大樓被一棵巨大的樹木上下貫穿。在那棵樹靠近上面的部分可以看到附著一個**有如成熟漲大的果實般的物體**。

「齋川唯在那裡。」

希耶絲塔用不知從哪裡掏出的雙筒望遠鏡看著，並伸手指向遠方大樓的上半部。

「齋川唯和幾名一般民眾被關在那顆巨大的《果實》中。」

「她沒事吧!?」

「看起來全身癱軟的樣子。可能是失去意識了。」

……！不過這下我們知道目的地在哪裡了。

「我猜那些被困在裡面的一般民眾應該是——**養分**。它藉由吸收那些養分栽培齋川唯這個容器。」

原來如此。栽培容器……或者應該說修復吧。

齋川在前幾天的戰鬥中受到了連席德也沒預想到的重傷。因此席德想必是為了讓齋川成為更加強韌的容器，正在嘗試讓她受傷的肉體復原。而且現在恐怕已經進入最終階段了。

「希耶絲塔，快走吧。」

既然已經知道敵人的目的與夥伴的下落，就沒時間繼續留在這種大樓逃生梯上觀察遠方了。

「我們快點到齋川的地方……」

就在我這麼說的下個瞬間，**我的身體忽然有種飄浮的感覺**。

「助手！」

見到希耶絲塔俯視著我大叫，我這才發現自己正在往下墜落。從地面伸上來的植物藤蔓不知何時把大樓逃生梯破壞掉了。

「——嗚！」

就算這時做出護身動作，摔到十公尺下方的水泥地還能平安無事嗎？我只能相信自己吞下《種》之後肉體應該變得比較耐撞，而繼續掉落——

「嗯？」

幾秒後，我的身體撞上了什麼東西。然而衝擊力道卻沒有想像中的大，於是感到奇怪的我睜開眼睛一看……在我眼前的景象竟是……

「嗨，臭小鬼。這下你在我面前一輩子都抬不起頭啦。」

教人火大的紅髮女刑警一臉得意洋洋地用手臂抱著我。

「……這衝擊力道應該不小才對吧？」

我在風靡小姐的臂膀中近距離看著她的臉，不禁露出苦笑。我的體重將近六十公斤，而且是從十公尺的高度掉落下來。光是想到這個衝擊……

「少瞧不起警察。非洲象我都可以單手舉起來。」

……那可真恐怖。以後還是別惹她為妙。

「助手！」

遲來的希耶絲塔在柏油路面上輕盈著地。

這邊也是一副理所當然地辦到這種超越人類的行為啊。

「好久不見啦，名偵探。」

見到那樣的希耶絲塔，風靡小姐咧嘴一笑。她對於希耶絲塔出現在這裡的事情一點都不驚訝，簡直就像早已猜到希耶絲塔會復活一樣。

「關於死後給妳添的麻煩，我感到很抱歉。」

結果希耶絲塔用這種唯有復活重返人世的她才有辦法講出口的說法，對風靡小姐道歉。

「另外，也很感謝妳幫我守護包含夏露在內的大家。」

希耶絲塔接著又這麼表示……但卻不知道為什麼，用很冰冷的視線看著風靡小姐。

「嗯？哦哦，還給妳還給妳。」

風靡小姐用開玩笑的態度把呈現公主抱狀態的我放到地面上。

「然後呢？現在是什麼狀況？」

隨後，希耶絲塔向風靡小姐詢問現在街上的狀況。既然風靡小姐會打那通電話過來，就代表她對於事情的來龍去脈應該有掌握到某種程度才對。

「這狀況似乎發生得毫無前兆。城市中心的大樓被一棵忽然長出來的巨木貫穿後，緊接著地面到處龜裂，然後植物開始攻擊人類了。」

警方現在也是一片混亂呀——風靡小姐說著，嘆一口氣。

「席德也在這附近嗎？」

我這麼詢問風靡小姐。既然引發如此大規模的事態，我不認為敵人會不在現場。

「這我就不曉得了。我連敵人長什麼樣子都不知道。」

「會不會有可能妳就是那個席德？」

希耶絲塔毫不猶豫地講出這句話。這麼說來，一年前在倫敦也發生過那樣的事件。我回想起當時席德擬態成風靡小姐的模樣跟我們接觸的事情。

「哈！**妳死掉這段期間連推理能力都退步了嗎**？」

然而風靡小姐卻對希耶絲塔的發言一笑置之。

「假如我真的是你們的敵人，剛才我就把那個臭小鬼殺掉啦。」

啊啊，這麼說也對。看來她真的是加瀨風靡本人的樣子。

「不過既然這樣，真的好嗎？」

結果希耶絲塔一副感到奇怪地盯著風靡小姐。

「打倒《ＳＰＥＳ》終究是交付給《名偵探》（我）的使命。《暗殺者》（妳）出手幫忙本來是不被允許的事情才對。」

這就是所謂聯邦憲章的玩意中制訂的規矩。據說由於《世界的危機》數量眾多，因此負責對應各自問題的《調律者》從一開始就已經分配得很清楚。而《原初之種（席德）》來襲的危機應該是交給《名偵探》處理才對。

「出手幫忙？錯了，我只是在收拾你們留下來的殘局而已。」

風靡小姐說著，露出不懷好意的笑容看向我們。

「不過現在，《暗殺者》的工作要暫時歇業啦。指揮民眾避難的工作就交給我，你們專心去救齋川唯並打倒敵人吧。」

她將一把藍波刀丟給我之後……

「我會盡到身為警察的責任。」

搖曳著紅色的馬尾，用自信十足的表情如此篤定說道。

「助手，我們走吧。」

在希耶絲塔的催促下，我們兩人再度朝齋川的方向奔去。目的地就是剛才在逃生梯上看到那棟與巨樹化為一體的商業大樓。齋川沉眠於那顆像《果實》的玩意中。我們與路上逃竄的人群逆向而行，朝現場奔去。

「要怎麼把齋川救出來？」

「看來只能沿著大樓外牆爬上去了。嗯？那種事情你辦得到嗎？」

「光是在妳心中竟然認為有那麼1％的可能性都讓我驚訝啊。」

「嗯～早知道就把以前那個蜘蛛男的能力搶過來了。」

希耶絲塔提起我們以前打倒過的一名《人造人》。

話說，她知道我把變色龍的《種》吞下去的事情嗎？那是一種能夠獲得特殊能力，但同時必須犧牲自己五感或壽命的雙刃劍。要是讓希耶絲塔知道我為了把她救回來而吞下了那樣的《種》，真不曉得她會作何感想。會為我擔心嗎？還是——

「助手？」

大概是對我不發一語的態度感到奇怪，希耶絲塔轉頭朝我看了一眼。

「不，沒事。」

快走吧——我只簡短這麼表示，並朝著夥伴之處奔去。

「嗯，真的得快點。我從剛才就一直在配合你的步調呀。」

「……總覺得妳背我去搞不好還比較快。」

◆這就是我們的做法

我們來到全向交叉路口抬頭仰望一棟八層樓高的時尚大樓。那棟建築物被一棵巨樹上下貫穿，粗壯的枝葉還穿破牆壁與窗戶伸到屋外。

「齋川……」

然後在幾乎與大樓化為一體的巨樹靠近上面的部分，有個熟透的外皮相當顯眼的《果實》狀物體。包含齋川在內的一般民眾應該就是被困在那裡面。

「看來要從屋外爬上去很困難呢。」

「那麼必然就要從裡面爬了，是吧。」

據說被突然從地面長出來的巨樹貫穿的大樓，實在難以預測內部究竟變成了什麼狀況。就算真的從屋內爬上那顆《果實》的地方，我們也沒辦法一口氣救出所有人。但想必只要能夠把齋川剝離，經由《果實》的養分供給應該就會停止，進而救出其他民眾才對。

我如此思索並再度仰望大樓，結果看到有一架直升機飛在夜空中。是正在從上空確認街上的災情嗎？

「……嗯？」

就在這時，不知從何處冒出一條細長的《觸手》伸向天空，最後**抓住了直升機的尾翼**。從這狀況能夠想像到的下一幕只有一個。

「助手！」

在我動身之前就傳來希耶絲塔尖銳的叫聲，接著我有如被她保護在下面似地倒在地面上。隨後便傳來震耳欲聾的爆炸聲。

「……唔！希耶絲塔！」

即使距離墜落地點有一段距離也能感受到強烈的熱風。被黑煙燻得睜不開眼睛的我大聲呼喚偵探……可是沒有回應。不知不覺間她的氣息也從我身邊消失了。就在我抱著不好的預感抬起頭的瞬間，槍聲響起。一枚子彈劃破空氣，驅散黑煙。

「輪得到你擔心我，還早一百年呢。」

言下之意表示我一輩子都不可能追得上她的希耶絲塔，就在膝蓋撐地的我眼前舉著滑膛槍。從遠處的爆炸烈焰另一側，則是浮現出我前幾天才見過那個敵人的身影。

「——久違了，但妳一點都沒變啊。」

在黑煙逐漸消散之中，《原初之種》對希耶絲塔如此說道。雖然席德應該無法區別人類個體之間的差異，但或許原本是容器候補的希耶絲塔要另當別論吧。

「你倒是每次見面都會換個樣貌。」

希耶絲塔面無表情地回應席德。她在六年前第一次見到席德之後，想必一路上都看著敵人不斷改變外貌吧。

不過現在的席德看起來幾乎就跟我一週前見過的外觀一樣。白中帶灰的長髮，全身覆蓋到頸部的鎧甲。中性的五官呈現毫無生機的表情。眼神看起來彷彿把包含感情在內的一切都遺忘在什麼地方……或者應該說是扔到什麼地方去了。

「我記得你以前還多少有些像人類的部分呀。」

希耶絲塔說出這樣一句教人感到意外的發言。彷彿在講席德即便是來自宇宙的種族，從前也曾經有過近似人類的部分。

「妳在說什麼？」

然而或許該說不出所料吧，席德還是表現得一副無法理解對方的意思般，用不自然的角度疑惑歪頭。

那絕非他在裝傻，也不是像海拉那樣明明已經注意到自己心中稱為愛的感情卻還故作不知。正如夏凪渚憑著她那份激情也無法撼動對方所證明的，《原初之種》根本沒有所謂的感情。

「議論已經足夠。**號令**早已發出了。」

從席德背部伸出四根《觸手》，龜裂的地面也長出粗壯的荊棘。他在全世界埋下的《種》已經做好發芽的準備了。

「容器即將完成。現在就讓我來排除妨礙這份生存本能的外敵吧。」

接著包含《觸手》在內，席德操控的植物們紛紛把前端指向我們。他說得沒錯，如今已不是靠議論可以解決問題的階段了。從此刻起即將展開的，是名副其實的最終決戰。

然而就算在上次的戰鬥中有讓對手受到傷害，我們靠正面交鋒真的有辦法打贏他嗎？而且現在已經是日落的夜晚，我們無法期待利用席德的弱點——陽光啊。

「希耶絲塔，這下該怎麼做？」

我並肩站到身邊，詢問全世界最可靠的搭檔。

「放心，我有個點子。」

對，這個。就是這份安心感。我在那三年間，總是被她巨大的保護傘如此守護著。沒錯，就像現在這樣被她抱起來……

「……嗯？」

希耶絲塔把我扛在肩上，靈巧地閃躲接連刺到地面上的《觸手》並往前奔馳。接著有如飛向空中般跳躍起來後，**她竟把我朝席德的背後投擲出去**。

「太不講理了……！」

我就這麼摔進位於正前方那棟大樓的入口。

不過這棟大樓正是我們的目的地——

「唯就交給你囉。」

「……妳每次都把行動跟說明的順序搞反了啦。」

◆天底下芸芸眾生

仔細回想過去，每當希耶絲塔表示「我有個好點子」的時候，通常對我來說都不是什麼好點子。但是我又沒有時間向她抱怨。

「我十分鐘就回來。」

我背對戰場，出發拯救齋川。

十分鐘——在這段期間，希耶絲塔有辦法撐過敵人的攻勢嗎？但如今我也只能相信她，只能尊重她把我送到這裡來的選擇。而且……我不認為現在的她還會做出犧牲自我的決定。

我腦中想著這樣的事情，同時在幾小時前想必還是年輕人的聚集中心而熱鬧無比的時尚大樓——如今面目全非的館內移動著。

「電梯和手扶梯都沒辦法用，是嗎？」

電力供應中斷的建築物內一片幽暗。樓層中央長有一棵筆直的巨樹，另外到處還有藤蔓植物叢生。我撥開那些植物行進，總算找到通往上面的樓梯。

我記得這棟大樓有八層樓，然後我要爬到更上面的頂樓，再往下跳到那顆巨大《果實》上。雖然我在腦中如此模擬行動，但真的那麼簡單就能救出齋川嗎……總覺得必須思考的事情多到我都頭痛起來了。

此時此刻正在與席德交手的希耶絲塔，以及被敵人抓住的齋川。身受重傷的夏露依然在醫院中，夏凪更是已經——

「…………！」

光靠我的行動沒辦法改變她們命運的部分太多，我也很清楚現在去想那些事情沒有意義。但是兩階併成一階衝上樓梯的我腦中，還是很自然地浮現出她們的臉孔。

以前的我原本只有一個人。然而曾幾何時，我的周圍有了她們。不知不覺間，對我來說重要的存在增加得太多了。當一個人擁有了比自己本身還要珍惜的對象，想必就會——

「！」

在四樓通往五樓的樓梯途中平臺處，我看到一個人影蹲在地上。

「你沒事吧？」

是來不及逃跑的顧客嗎？還是被《觸手》抓來的民眾？

雖然光線暗得看不清楚，但我還是把手伸向那個人蜷縮的背影。

「——嘎、啊啊啊啊啊啊！」

霎時，蹲在地上的影子發出尖銳的叫聲，緊接著轉過身子朝我撲了過來。

人影有如殭屍般抓住我的身體，可是力道卻沒有想像中的大。於是我把對方的腳一掃，將他壓倒在地上，並且用槍抵住頭部。

「你是……」

在槍口下的，竟是以前見過好幾次的敵人——變色龍。

「……不對。」

不過我很快就發現，這傢伙並不是跟我交戰過的那個變色龍本人——而是**人偶**。一年前我在《SPES》的實驗設施遭遇席德的時候，他曾經切下自己身體造出臨時的複製體(clone)。現在眼前這個人偶恐怕也是類似的存在，不但沒有《人造人》程度的力量，甚至在植物或生物的角度上也難以定義存在。

「原諒我。」

即便如此，我依然這麼說了一句後才開槍射穿敵人的頭。結果模仿變色龍外觀的人偶就好像把植物枯萎的影片快轉播放似地急速消瘦乾癟。

「——痛——好、痛。」

到最後，人偶勉強擠出這樣的聲音，消失了。

——好痛。

他留下的這句話讓我不禁思考背後的意義。

會感到痛、會把痛苦叫出來的那份衝動和感情究竟有什麼不同？《原初之種》(席德)絕不具備所謂的感情，那麼從那傢伙生出來的《人造人》(clone)又是——

「——完成、使命。」

這樣的聲音從背後傳來。

於是我轉身一看，發現巨大的利爪迫近眉睫。

「嗚！」

我雖然全身失去平衡但還是勉強躲過攻擊，並確認對手是誰。

「你的塊頭還是這麼大啊，地獄三頭犬。」

那是身高兩公尺的大漢，樣貌看起來有如聖職人員的《人造人》地獄三頭犬。昔日的敵人就像從前一樣，讓外觀完全變化成獸人的模樣。

「很抱歉，我現在沒時間奉陪。」

我毫不猶豫扣下扳機，總共靠三發子彈解決了敵人。

「——好、痛。」

地獄三頭犬用虛弱的聲音叫喚著。然而這傢伙同樣是臨時製作出來的植物人偶。本來的他應該不會這麼輕易就被打倒，但現在只中了三顆子彈就渾身無力地朝我倒下。

足足有兩公尺的巨大身軀卻讓人感受不到什麼體重，靠在我的身體上開始枯萎凋零。高傲的野狼最後在我耳邊小聲說道：

「——好想活下去。」

好想活下去。

原來不是「好痛（itai）」，而是「好想活下去（ikitai）」。

變色龍也好，地獄三頭犬也好。天底下芸芸眾生，大家都想活下去，都希望生存下去。就好像我希望讓希耶絲塔復活一樣，希望讓夏凪繼續活著一樣。

「大家都是如此。」

事到如今，我才重新理解了。對死亡的恐懼，那是任誰都無法否定的本能，也是最根源的感情。什麼人偶，什麼植物，什麼人造人，就是因為被這些詞語翻弄，讓人差點忘了這樣的道理。

海拉和蝙蝠自然不用說，變色龍和地獄三頭犬也是，至今與我們交手過的那些《原初之種》的複製體們也是，大家都和普通的人類一樣會畏懼死亡，會生氣憤怒，時而展現各式各樣的感情。

地獄三頭犬對席德的**忠誠心**，變色龍對夏凪的**嗜虐心**以及對我的**敵意**。這些都是貨真價實的感情。沒錯，《人造人（clone）》和《原初之種（席德）》不同，具備明確的感情——

「——不對，錯了。」

一項假說如電流般竄過我腦海。搞不好我其實……我們其實直到現在都誤會了某件事情。

「所以你才……」

就在這時，有如地震的劇烈搖盪讓我差點站不穩。此時此刻在屋外依然持續展開著激烈的戰鬥。沒時間讓我停下腳步了，必須快點趕到頂樓才行。

◆直到有一天帶回所有人

我就這樣在樓梯上衝刺，總算抵達通往頂樓的門前。開槍破壞門鎖後，一腳踹開門板來到屋外。

「嗚！這裡也是……」

巨樹上方相當於樹冠的部分穿破頂樓平臺，讓周圍都被粗枝與樹葉覆蓋。我奮力撥開那些障礙，朝頂樓邊緣前進。

「齋川！」

俯瞰幾公尺下方，就能看到那顆巨大的《果實》貼附在大樓牆面上。從遠處看起來呈現歪曲半球形的那個玩意，從上方看下去則是有如石榴的斷面。包括齋川在內的人們被球狀的紅黑色果肉包圍下沉睡著。

我鼓起勇氣朝那《果實》跳下去——看來它還能夠再承受一人份的體重，讓我平安落地。

「只要把這些莖切斷……」

多位一般民眾與齋川的身體都被粗壯的植物莖狀物纏繞著，看起來是透過這些管線在養分輸送的樣子。我用風靡小姐借給我的短刀把那些莖一根根切斷，然而就在我如此嘗試的時候——

「拜託！饒了我吧。」

我回神發現，《觸手》穿破大樓外牆朝我攻擊過來。

那看起來應該是貫穿這棟大樓的巨樹長出來的枝幹，大概就像是驅趕**異物**用的防衛機制吧。

「嗚！」

《觸手》總計增生了三根。我趕緊舉槍，一槍、兩槍地擊退它們……但這時才發現子彈用完了。這下我沒辦法閃避第三根《觸手》，看來真的不妙了——直到察覺手機來電的瞬間之前，我還是這麼想的。

「——謝啦，夏洛特。」

霎時，劃破空氣飛來的第三發子彈把《觸手》擊飛。

「真了不起。那距離應該有五百公尺吧？」

我從子彈飛來的方向推測她應該就在**那地方**，於是望著遠處的大樓並透過藍牙耳機向她說話。

『這點程度根本不算什麼。』

幾秒後，不出我所料的人物這麼回應。

『一流的狙擊手可是能殺掉兩千公尺遠處的敵人呀。』

那樣對自己標準嚴苛的講法，真不愧是被世界第一嚴格的上司培育出來的特務。

「夏露，妳的傷沒問題嗎？風靡小姐什麼都沒有跟我說啊……」

我是三天前聽說夏露呈現昏睡狀態。但如果她的狀況有什麼變化，風靡小姐應該會跟我聯絡才對。

『你覺得那個人會照顧我到三天嗎？』

……真是太有說服力了。

『也因為還不能算沒問題，所以只能做這種事情就是了。』

這聲音聽起來在自嘲。她想必還沒辦法自由行動吧。

「幫我到這邊就很足夠啦。是說，妳怎麼從醫院到那棟大樓的？」

『是那女孩把我搬到這裡來的。』

夏露說的那女孩就是《希耶絲塔》……也就是諾契絲。既然這樣，關於夏凪與希耶絲塔的現狀，她應該也從諾契絲口中聽說了。

「這樣啊。那妳接下來也到安全的地方避難吧……」

『君塚。』

就在我準備掛斷電話的時候。

『夥伴就拜託你囉。』

這句臺詞聽起來或許陳腐。如果是以部隊或小隊的形式行動，可能甚至是很理所當然的對話。然而夏洛特・有坂・安德森會對我說出這句話，肯定含有比那些互動更重大好幾倍的意義。

「嗯，我知道。」

因此我把那好幾年份的心意濃縮成一句話後，結束通話。

「齋川，差不多該起床囉。」

最後我把連接齋川與《果實》本體的莖狀物切斷，把她搖醒。

「……君塚、先生？」

齋川微微睜開眼睛。

沒有戴眼罩的左眼可以看到如大海般青藍的眼眸。

「沒錯，我就是君塚先生家的君彥。」

我說著，用公主抱的動作把齋川抱到手臂上。

「你來救我的嗎？」

「雖然我也被很多人救啦。」

像風靡小姐和希耶絲塔，還有前一刻才被夏露從危機中拯救過。看來光靠我一個人還沒有足夠的能力將重要的對象守護到底。所以現在也只是藉人之手獨占最高潮的局面而已。

「……君塚先生還是老樣子呢。」

結果齋川好像有點無奈地露出苦笑。

「其實有時候可以不用故意把自己的洋相講出來喔？」

「意思是說我偶爾也可以裝帥一下嗎？」

睽違幾天重逢的我們如此抬槓。不過接下來要聊就等我們從這裡下去……等一切都結束後再繼續聊吧。於是我抱著齋川，準備朝地面跳下。

「是呀，但是就算不裝什麼帥……」

齋川抓著我的身體……

「君塚先生從一開始就很帥氣了。」

在風聲颼颼中，她不知小聲呢喃了什麼話。

◆原初的心願

「希耶絲塔！」

回到戰場上的我，在跟大樓稍有一段距離的地方發現了希耶絲塔。她雖然額頭和肩膀上有些小傷，不過還可以用自己的腳站得很穩。

「真快呢。我本來預估你應該還要兩小時才會回來的說。」

……她還是老樣子，對我的評價低得有點過分。我頂多只晚來了兩分鐘而已。

「那麼唯呢？」

「哦哦，她沒事……雖然最後莫名其妙跟我吵了一架啦。」

我後來放棄直接從大樓上瀟灑跳落，選擇了比較保險的做法從窗戶回到建築物內。結果這點似乎讓她對我的好感度大幅下滑的樣子，太不講理了。

「現在已經交給風靡小姐了，放心吧。」

就在我背著齋川準備下樓的時候，遇上了抓著繩索從天而降的紅髮女刑警。於是我拜託她去救助被困在《果實》裡的其他人，而她此刻正在幫忙把包含齋川在內的人們運送到安全地點。

「然後呢，希耶絲塔，妳這邊的狀況又如何？」

我重新環顧周圍。建築物多數半毀，布滿藤蔓。地面龜裂的狀況也比剛才還嚴重，讓都市機能早已喪失了。

「可以說從現在開始是第二回合吧。」

希耶絲塔這時忽然眼神犀利地注視一棟倒塌的建築物。接著從一片塵土飛揚之中——

「席德……」

部分鎧甲碎裂的席德緩緩搖晃身子出現了。看來在剛才那十幾分鐘內，《名偵探》與《世界之敵》打得平分秋色的樣子。

「齋川已經被我們搶回來囉。」

我站到希耶絲塔身邊，如此對席德放話。

「你休想再碰到齋川一根寒毛。現在也已經沒有《人造人》當你的夥伴。席德，你的野望就此結束了。」

我舉起麥格農手槍，希耶絲塔舉起滑膛槍，同時瞄準敵人。

「——是啊，我知道。因此我剛剛已經把那個《種》回收完成了。」

結果我看到席德缺乏色彩的眼眸中好像短短出現了一瞬間青藍色的光芒。

……難道他利用剛才那顆巨樹的《果實》從齋川體內把《種》回收了？

「我的身體原本冀求的容器，就在這裡。」

席德說著，從背部伸出多達八根的《觸手》，尖端一致刺向希耶絲塔。我方即使想開槍反擊也寡不敵眾，而且那些《觸手》很快就會重生。因此我們只能躲在倒塌的大樓後面，撐過敵人的攻勢。

「看來這就是敵人的打算呢。」

希耶絲塔擦拭著額頭上的汗水與鮮血，對席德剛才的發言做補充。

「這是一年前的戲碼重演。現在我的左胸裡有心臟，肉體目前也平安無事。也就是說，席德這次正式把我視為他的容器了。」

「原來是這樣……」

一年前，希耶絲塔藉由自己的死讓她成為席德容器的資格消失了。然而現在**死而復生的希耶絲塔**又再度獲得了成為容器的資格。

「但是不用擔心。接下來我成為容器的事情不會發生了。」

希耶絲塔一臉堅決地如此篤定表示。

「其實你不在的這段時間，我察覺到一件事情。」

「是嗎，真巧。我也是。」

我們臉對臉，互相點頭。雖然不確定彼此是否想到同一件事，但至少可以確定不會相差太遠才對。

「助手。」

希耶絲塔把我的身體往下壓的同時，敵人的《觸手》粉碎了我們藏身的大樓外牆。然而就在那瞬間，希耶絲塔利用飛揚起來的塵土掩蔽身影，朝敵人疾馳而去。

「——那招已經對我沒用了。」

席德多達八根的《觸手》為了捕捉煙霧中的希耶絲塔，縱橫無際地到處竄動。然而希耶絲塔卻反過來利用那些《觸手》，彷彿**把它們當成踏板一樣在空中奔馳**，逼近敵人眼前。

「希耶絲塔！」

可是就在她抵達席德頭頂正上方的時候，八根《觸手》忽然像食蟲植物一樣張開嘴巴，試圖捕食**外敵**。希耶絲塔就這樣被八根《觸手》毫無縫隙地包圍起來——

「靠現在的你是贏不過我的。」

她從內部開槍破壞了包圍網。《觸手》化為肉片四散的同時，希耶絲塔落到敵人正上方，再度開槍擊中席德的頸部。

「——嗚！」

席德大概也具備痛覺，表情頓時些微一皺。受到槍擊的頸部鎧甲當場被破壞，露出底下的肌膚。結果我發現敵人的頸部除了彈痕之外，還有像是被大型刀刃砍出來的傷痕。

「你的再生能力也變弱了。」

希耶絲塔說著，完全不把現場凌亂的地面當一回事，踏著輕盈的腳步回到我身邊。

「我聽說囉。你之前在跟蝙蝠的戰鬥中被陽光照射，受到致命傷害。你細胞的再生能力因此變得沒辦法順利發揮功用了。」

而且——希耶絲塔進一步提出她在這場戰鬥中注意到的假說。

「**你隨著把能力分給同伴的過程中已經逐漸弱化了。**」

席德也不知道究竟有沒有在聽她講話，頸部不斷流出黏濁的液體，腳步蹣跚不穩。

「也就是說，雖然字面上講『複製體（clone）』，但那其實並非純粹的複製吧。」

聽到我這麼說，希耶絲塔回了一句「就是那樣。」並點點頭。

「《原初之種（席德）》是藉由把自己的種分出去的方式製造《人造人》。因此原本的席德本身製造出越多複製體就會失去越多力量。」

沒錯，席德所做的行為終究是**力量的轉讓**。隨著他把自身的能力分給手下，將《種》散播到地球上的過程中，他自己的力量逐漸削弱了。這是希耶絲塔過去曾經一度和席德交手，幾年後又像這樣對峙才會發現的真相。

雖然即便如此，應該還是會遠比一般的《人造人》強大才對，但現在的席德由於之前蝙蝠拚上性命讓他照射到太陽光，導致肉體的再生能力也變弱了。順利復活後的《名偵探》已經充分足以和他打到平分秋色。

「——實在難以理解。」

席德弓著背、臉朝著地面說道。

「我有什麼必要特地讓自己喪失力量，把能力分給複製體？」

他的態度絕非在掩飾，也並非裝作沒有發現，而是真的無法理解的樣子。

「因為那就是你原本的心願不是嗎？」

既然如此，我就讓你回想起來吧。

回想起那份搞不好連你自己都已經遺忘的心願。

「席德，你的心願，你所謂的生存本能──」

我將自己剛剛在大樓中得出的假說告訴對方：

「其實只是為了讓自己的子孫們活下去對吧？」

霎時，席德的《觸手》朝我飛來。

「……嗚！」

不過希耶絲塔往前踏出一步，把滑膛槍當劍一揮，為我擋下攻擊。

與我們對峙的席德臉上看不出憤怒的表情，然而他剛才這個攻擊簡直就像被人戳到核心而做出的防衛反應。

「──也就是說，這個生存本能並不是為了我自己？只是為了讓**那些東西**活下去而具備的能力罷了？」

席德暫時停止攻勢後，提起地獄三頭犬和變色龍等存在開始自問自答──難道自己的宿願其實是生下那些複製體，讓他們留在這顆星球上嗎？

「我竟然為了那種事情刻意分出自己的力量？而且明知那麼做會讓自己的肉體老化嗎？我怎麼可能做出那樣犧牲奉獻的──」

「那有什麼好奇怪的？因為你……」

我代替席德說出那份疑惑的答案：

「是他們的父親啊。不是嗎？」

席德聽到我這句話，頓時睜大對不上焦點的雙眼。

「所以你才會把自己的力量，**還有感情都分給了自己的孩子們**。」

對，這就是我們一直以來誤會的部分。現在的席德確實沒有可以稱為感情的東西，但並不表示他從一開始就是這樣。《原初之種（席德）》的起源是大約五十年前墜落到地球上的存在，而後來他進入人類的身體內，學習了人體的構造。透過這樣變得能夠擬態成人類的席德，假設獲得了和人類一樣的感情也沒什麼好奇怪的。

事實上以前就有那樣的預兆了。大約一年前，我在《ＳＰＥＳ》當成據點的孤島碰上了席德。他當時因為自己講話被變色龍打岔而表現出強烈的憤怒。那件事本身或許微不足道，但也證明了席德同樣具備憤怒的感情。而且……

「變色龍和地獄三頭犬這些存在……都是你生出來的啊，席德。既然那些《人造人（複製體）》具備感情，肯定就是受到生父《原初之種（本體）》的影響。」

也就是說，我們把前後順序搞反了。《人造人》的感情與人格等等並非後天性獲得的東西，而是生父席德分給他們的。

如今回想起來，席德比起一年前的確在講話語氣和感情表現等等部分變得比較平淡了。可見他在把力量分給孩子的同時也一步步把感情分了出去。他之所以會做出這種堪稱是犧牲奉獻的行為，理由只有一個——

「你並不是想要自己活下去，而是希望讓《種》得以存留。」

那同樣是生物的一種自然本能。比起讓自身活命更優先選擇留下自己的後代，是生物本身具備而難以抗拒的根源性感情。然而席德卻沒有察覺這點……不，應該說他忘了。我記得一年前在那棟實驗設施，席德是以**我們的目的**稱之，宣告要讓《種》撒滿這顆行星。

但隨著生出《人造人》的過程中，他逐漸失去力量與感情，最後甚至連自己本來的目的都迷失了。缺乏色素的頭髮，不帶感情的眼眸，席德在自己都沒察覺的狀態下喪失了人性。我對那樣的他再一次說道：

「所以說，席德，你的心願才不是讓自己活下去，歸根究柢應該是讓身為你孩子的《種》能夠在這顆星球上生存才對。」

這就是圍繞著《SPES》展開的這段故事中，我和希耶絲塔最後推理出來的結論。

「——原來如此。」

站在遠處的席德小聲咕噥。

「那就是我的宿願，我遺忘的目的，活著的理由，撒種的意義，生存本能——原來如此，這樣啊。」

自己終於理解了一切。事到如今才總算理解了一切——假如席德還殘留有懂得自嘲的感情，或許會這般唾棄自己並浮現出悲哀的笑容吧。

就在此刻，我和希耶絲塔的假說獲得驗證。同時，《人類》與《原初之種》間第一次產生共通的認知，得以相互理解。然而就在下個瞬間，我明白了這段短暫的寂靜並不意味著戰鬥已經結束。

「留下子孫。如果那正是我被賦予的使命，那麼我更加不能在此喪命。」

席德從背部生出一根粗壯的《觸手》，**插進自己的腹部**。緊接著短暫哀號，但依然奮力踏穩腳步。

「——甦醒吧，《同胞》。」

從席德的腹部溢出的體液在龜裂的地面上滲透擴散。接著……

「——嘎嘰啊啊啊啊啊啊啊啊啊啊啊啊啊啊啊啊啊啊！」

伴隨宛如把地獄之門推開的軋響，災厄的化身自地底顯現。一開始像液體般滲出來的東西，逐漸變形成巨大的四腳生物。

黑色巨獸——是生物兵器《參宿四》。

那怪物並不具備相當於眼睛的器官，但此刻卻大聲嘶吼的同時明顯**看著**我們的方向。我的雙腳頓時無法動彈。不是因為對這隻怪物感到恐懼，而是一年前的景象無論如何都會閃過我的腦海。在那座島上，這怪物把希耶絲塔——

「助手！」

不是那段遙遠的記憶，是此刻現實中的聲音把我喚醒了。

「……！抱歉。」

我重新抬頭仰望那隻變得比以前更加巨大的怪物。牠的體表還覆蓋過去沒見過的黑色鱗片。

「——嘎啊啊啊啊啊啊啊啊啊啊啊啊啊啊！」

全長恐怕有十公尺的怪物撞倒已經不亮的號誌燈，碾過被人棄置在路上的車輛，靠四腳步行朝我們衝了過來。

「……嗚！」

那個再怎麼想都不是用槍能夠應付的對手。我和希耶絲塔全速衝刺往旁邊躲開後，參宿四由於沒辦法立刻停下，結果用力撞上原本在我們背後的一棟大樓。然而怪物立刻又轉回頭，大概是靠鼻子嗅出血的氣味，很快又盯上我們的方向。照這樣下去只會讓狀況越來越糟，而且沒完沒了。

「助手。」

就在這時，希耶絲塔伸手指向上方。

從天空傳來引擎的聲音——是援軍。不曉得是風靡小姐安排的，還是軍方正式出擊。好幾架戰鬥用無人機從月光中現身，準備發射飛彈。

「……雖然很感激啦。」

「但那樣我們也會遭殃吧……」

於是乎，我和希耶絲塔互相點頭後，再度全力衝刺逃離現場。

沒多久後，從我們背後傳來陣陣轟響、炙熱與焦臭味，以及……

「——咕嘰啊啊啊啊啊啊啊啊啊啊啊啊啊！」

如果不把耳朵塞起來甚至彷彿會撞破鼓膜的咆哮聲。但那也證明飛彈確實擊中了那隻怪物。我們躲進瓦礫堆，在一片灼熱暴風中保護自己，並等待黑煙消散……

「——啊啊啊啊啊啊啊啊啊啊啊啊啊啊啊！」

怪物再度嘶吼。難道那些黑色鱗片能夠阻擋攻擊嗎？參宿四完全不把現場的烈焰當一回事，從全身伸出**幾十根觸手**伸向上空的無人飛機。

「要是那玩意墜落到這裡來，我們也會完蛋啊……」

參宿四的《觸手》追著在夜空中逃竄的無人機，把它們一架又一架擊落到遠處。

然而就在這時，身旁的希耶絲塔行動了。

「趁現在。」

「只要這子彈能擊中。」

——紅色子彈。那是四年前她也對蝙蝠使用過的武器。只要那東西能夠擊中參宿四，那些《觸手》便無法再攻擊希耶絲塔了。

趁著參宿四的《觸手》與最後一架無人機展開攻防戰的時候，希耶絲塔再次衝向敵人。

「嗚！希耶絲塔！」

但下個瞬間，我感受到參宿四應該不存在的眼球看向我們。原來那些《觸手》是自動追蹤目標……參宿四的注意力始終都朝著我們的方向。

「……！」

希耶絲塔放棄逃跑，直接對巨大的敵人射出紅色子彈。然而，那顆子彈卻無情地被怪物的黑色鱗片彈開了。

「希耶絲塔！」

在腦袋思考之前，我的腳就已經動了起來。

不，應該說我呼喚她名字的時候已經趕到她身旁了。

「……嗚！」

我緊接著用全身覆蓋希耶絲塔，但光是那樣當然無法擋下敵人的攻擊。換言之，我當場覺悟了自己的死期。就在這時……

——唰！

若真要形容，那就像是某種巨大的刀刃劈開什麼東西的聲音。可是我卻沒感到疼痛，代表並非怪物的利爪割開我的背部——那麼又是……

「你不覺得，你果然還是應該來當我的搭檔嗎？」

一名身著軍服的少女把綻放紅光的軍刀往旁邊一揮。

一頭長髮隨風擺盪。從髮絲間若隱若現的側臉，正是我不惜賭上一切都希望再度見面的那名少女。

「是啊，那樣或許也不賴吧——夏凪（海拉）。」

◆三名戰士

參宿四發出痛苦的叫聲，往後退下。因為牠的右前腳被砍出一道大傷口——海拉紅色的刀刃竟斬破了怪物的鱗片。

「這把刀是特別用來對付《原初之種》複製細胞的武器呀。」

在化為一片焦土的戰場上，少女放下軍刀的刀尖，回頭如此說道。

烏黑的長髮，火紅的眼眸。就和一年前相遇時一樣，她身上穿著以黑色與紅色

為基調的軍服型外套。

「這麼說來，當時也是用那把劍把地獄三頭犬給……」

我回想起一年前和海拉初次遭遇的那個夜晚。那時候她只是把軍刀一揮，就把《人造人》的腦袋砍下來了。

「還有我自己的心臟也是。」

海拉如此自嘲。那一夜，海拉那堪稱是洗腦的能力被希耶絲塔反過來利用，結果讓她用自己的刀刺壞了心臟。

「這把刀本來是為了防止自己人叛亂，所以**父親大人**交付給我的東西。」

海拉瞇起眼睛，望向渾身無力地站在巨大怪物背後，腹部開出一個洞失去意識的席德。

「沒想到如今我卻會將這把刀舉向父親大人呢。」

鎧甲被破壞的席德頸部有一道尚未痊癒的大刀傷。那究竟是誰在什麼時候砍出來的……不用問也知道。

幾天前，那場在廢棄大樓展開的交戰。當我不省人事的期間，有一名少女曾拚上自己的性命與敵人交手。然後此刻這名軍裝少女現身在我眼前，不只是代表我方戰力增加的意義而已——更是為我帶來了無上的希望。

「妳還活著啊，夏凪。」

我講出口才發現自己的聲音在顫抖。不對，不只是聲音，我的雙腳也顫抖到站不穩的程度，忍不住當場單腳跪下。

夏凪渚活著。她還活在世上。

「要安心還太早了。」

然而軍裝少女卻把刀收回鞘中，走近我面前……

「我終究只是我，並不是主人——夏凪渚。」

她瞇細紅色的眼眸，冷靜將現實告訴我。

意思是——現在的狀況絕不代表夏凪渚復活了。

「而且，你要思念主人當然很好，但我比較希望你此刻看著我呀。」

海拉跪下身子和我近距離相望，並且把指尖放到我下顎。

「——海拉。」

站在近處看著我們這段互動的白髮偵探忽然對軍裝少女叫了一聲。

「嗨，好久不見啦，名偵探小姐。」

重新起身的海拉與希耶絲塔互瞪著對方。

一年前彼此都賭上性命交戰過的兩人，如今又在這裡對峙。

「海拉，為什麼妳會在這裡？」

希耶絲塔詢問海拉出手相助的意圖……不，不只這樣。她同時也在詢問海拉究竟是透過什麼奇蹟生還的。

「因為我也有收到父親大人的**號令**。我想你們應該也知道吧？」

「……！那個耳鳴嗎……」

我回想起剛剛在電波塔上聽到有如低沉鐘聲的雜音。當時米亞看起來沒有變化，只有我和希耶絲塔出現那個症狀的理由……肯定是因為我們兩人體內埋有席德的《種》。

「主人的這個肉體由於遭受到致命傷害，暫時陷入了**休眠狀態**。也就是父親大人的《種》發動了自我防衛反應。」

「植物的休眠……原來如此……」

過去從書本吸收的知識湧上我腦海。所謂的休眠，是指包含植物在內的生物為了極力抑制能量消耗，而將生命現象維持在最低限度的一種防衛機制。例如熊或鼴鼠的冬眠行為就很有名，當遇上環境急遽變化而威脅到自己生命的時候，生物就會有一段時間進入沉眠以撐過難關。

然後被名為生存本能的席德之《種》寄宿體內的夏凪，看來也得到了這種休眠的機制。由於席德的攻擊造成致命傷害的夏凪，恐怕是在無意識中讓包含腦幹在內的大部分身體機能都停止下來，藉由抑制能量消耗嘗試維持自己的生命。

「這麼說來，希耶絲塔也是……」

回想一年前，希耶絲塔也利用讓自己心跳停止呈現假死狀態的方法，撐過變色龍的攻擊。或許那也是將《休眠》機制加以應用的手法吧。

「由於接收到父親大人的命令，沉眠於這個身體中的《種》又再度覺醒了。」

海拉把手放到自己胸口上如此補充。

我也有聽到的那個來自《原初之種》的**號令**，與散播到世界上的《種》產生了共鳴，而在這點上夏凪也不例外。埋在體內的《種》重新驅動她的身體，讓她趕到了戰場上。

——然而……

「但是妳的心臟呢？」

希耶絲塔面露傷痛的表情，注視海拉的左胸。

對，即便靠著《休眠》勉強保住生命，或者藉由《種》的驚人恢復力修復身體，現在夏凪（海拉）的心臟也應該——

「在回答那個問題之前，必須先把那傢伙解決掉呀。」

我聽到海拉如此表示而順著她的視線望過去，便看見一隻身受重傷、生存本能受到威脅而憤怒發抖的怪物。參宿四嘴角滴著唾液發出低沉的叫聲，用看不見的眼睛瞪向我們三人。

「如果想要把妳那顆紅色子彈射進牠體內，首先必須破壞牠堅固的鱗片……好啦，妳這下該怎麼做呢，名偵探小姐？」

海拉很故意地這麼詢問站在旁邊的希耶絲塔。

「我果然不管怎樣都沒辦法跟妳和睦相處呢。」

相對地，希耶絲塔則是對海拉瞧也不瞧一眼，深深嘆氣。

但即便如此……

「不過還是拜託妳，海拉，幫我開出一條路吧。」

希耶絲塔對昔日的敵人提出協助要求。

海拉似乎感到意外地睜大眼睛……然而很快又恢復平常的表情。

「嗯，聽到妳拜託我實在是很痛快呀。」

或許該說不出所料吧，她一臉滿足地揚起嘴角。

「……妳可別搞錯了。我並沒有要跟妳和睦相處的意思。」

沒錯，這兩人絕非因此就講和了，更沒有成為什麼夥伴。

敵人的敵人是同志——過去曾槍劍交鋒的這兩位黑白少女，現在一同挺身對付怪物。

「然後呢？我要怎麼做？」

我想說自己應該差不多可以加入對話了，於是望著那兩人巨大的背影如此詢問。

「嗯？你當然是——」

「待在這裡不要來礙事。」

唉，太不講理了。

「——嘎嘰啊啊啊啊啊啊啊啊啊啊啊啊啊！」

就在這時，等得不耐煩的參宿四大聲咆哮。那怪物即使拖著受傷的前腳，巨大的身軀依然劇烈震盪著大地朝我們衝來。

「受不了，我以前應該有好好管教過牠才對的說。」

結果海拉嘆著氣把手放到軍刀上，瞬間消失身影。緊接著就在下一剎那，那把紅刀砍傷了怪物的另一隻前腳。

「……說要聯手戰鬥的約定到哪裡去了？」

被丟下來的希耶絲塔有些不滿地如此咕噥。如果她能藉這個機會稍微理解我的心情就好了。

「妳要是不甘心就跟上來呀？」

海拉回頭望著希耶絲塔，揚起嘴角。

「……我看還是先把妳打倒好了。」

希耶絲塔雖然嘴上這麼說，但還是衝向參宿四的方向，將子彈射向牠鱗片缺損的部位。

「這巨大的身軀光開一槍是不夠的喔。」

「不用妳講我也知道。」

那兩人就這樣一邊鬥嘴，一邊投身於與怪物的戰鬥之中。

看在旁人眼中，那簡直就像姊妹吵架。但畢竟那兩人都透過《種》繼承了來自同一個父親的共通DNA，也許真的可以說是一對姊妹。

「——共通的DNA、嗎？」

我驀然回想起一年前的事情，也就是在那座孤島上希耶絲塔與海拉的決戰。那場戰鬥最後是希耶絲塔的心臟被海拉奪走，而且相容於她的肉體。然而那顆心臟現在又在夏凪的安排下回到了希耶絲塔的左胸中。既然如此，此刻夏凪（海拉）……究竟是把誰的心臟放入左胸而能夠這樣行動的？

「——嗚、嘎啊啊啊啊啊啊啊啊啊啊啊啊！」

怪物如雜音般的吼叫聲再度響徹四周。然而海拉與希耶絲塔就像在互相競爭似地穿梭於大量《觸手》之間，對參宿四製造無法修復的傷害。

「然後呢，海拉，妳現在到底為什麼能動？」

希耶絲塔用長槍瞄準敵人的同時，朝海拉的左胸一瞥。彷彿想要看穿此刻埋在裡面的新心臟……的捐贈者究竟是誰。

「我現在是借用**那孩子**的生命在行動。」

「……那孩子？」

海拉丟下皺起眉頭的希耶絲塔，獨自逼近敵人。

「——是嗎，原來是這樣。」

我這時想到了一個可能性。那個由於在《SPES》的實驗設施接受過臨床試驗而和夏凪同樣獲得來自席德的DNA……而且海拉會稱呼為「那孩子」的人物。

「這下總算稍微安分一點了吧。」

海拉施展出常人的視線根本追不上的高速劍技，終於擊倒怪物，並回到我旁邊。我則是看向她的左胸，講出剛才腦中浮現的假說：

「海拉，現在在妳左胸裡的，是愛莉西亞的心臟對吧？」

聽到我這麼說，反倒是希耶絲塔比海拉先驚訝地瞪大眼睛。

相對地，海拉緩緩眨眼後，睜開那對有如烈焰靜靜燃燒的赤眼。

「沒錯。我現在是靠著她的心跳在生存。」

「……為什麼？」

希耶絲塔的碧眸動搖著。

「為什麼愛莉西亞的心臟會在那裡？那孩子應該在六年前就……」

從前在那棟《SPES》的實驗設施中，愛莉西亞應該為了保護夏凪與希耶絲塔而喪命了才對。然而為什麼此刻她的心臟會在夏凪（海拉）的左胸中？

「畢竟她同樣原本是父親大人的容器候補之一，因此**那時候**被做了特殊處理。」

海拉說出了正因為她原本是《SPES》的幹部，所以能夠得知的六年前情報。

「她那天由於無法適應父親大人的《種》，讓肉體迎接了死亡。但身為容器候補的她，體內的**器官**是貴重的樣本——因此就像妳的肉體藉由冷凍保存活了下來一樣，她是只有心臟被保存在特別的環境下。」

聽到這段說明的我，不禁回想起幾天前拜訪過的《SPES》實驗設施。原來當時不只是希耶絲塔而已，愛莉西亞的遺志同樣沉眠於那個場所。

「愛莉西亞的心臟繼承了席德的DNA，所以也能與妳的身體相容是吧。」

六年前在《SPES》的實驗設施，希耶絲塔、夏凪與愛莉西亞都接受過假稱是臨床試驗的藥物測試。那麼做的目的很明確，就是為了當有一天她們成為席德的容器時不要讓肉體產生排斥反應。而做為那個抗體，她們體內想必都植入了《原初之種》的細胞。

「就是那樣。只不過這是她當時才十二歲的心臟……還沒有完全發育成熟，因此我不能夠太勉強這個身體。」

剛才明明還上演過激烈武打戲的海拉講出了這種話。

「所以說，我也沒辦法發揮出從前那樣的力量就是了……」

海拉接著這麼說道，卻忽然驚訝地瞪大眼睛。不過那也難怪，因為在她視線的前方，希耶絲塔竟然在哭泣。

「對不起，愛莉西亞。」

從碧眸中滑落一絲淚水。

「很抱歉我六年前沒能拯救妳。」

希耶絲塔就這麼哭著，對海拉的左胸道歉。

那是她在成為《名偵探》之前的過往，是心中唯一無法挽回的遺憾。正因為有那一天，希耶絲塔才踏上了與世界之敵交戰的旅程。

「那時候的我太弱小了，沒能守護妳——但是。」

希耶絲塔繼續流著眼淚，凜然宣告：

「現在不一樣。我不會再讓人奪走重要的存在。所以說，我希望妳能再一次與我同戰。」

偵探說著，對遙遠記憶中的同伴伸出左手。

「我名為海拉。代號，是海拉。身為統治黃泉國度的女王，我要向妳傳話。」

海拉握起希耶絲塔的手，雙眼注視著她說道：

「謝謝妳，還記得我。」

那與愛莉西亞最後留下的心願完全相反。然而海拉此刻肯定是將她聽到來自左胸脈動的聲音告訴了希耶絲塔。

緊接著，擊沉於地面的怪物又再度發出嘶吼。彷彿最後的抵抗般，從背部伸出的幾十根《觸手》大肆暴亂。但遭受紅色子彈攻擊過的那些《觸手》只能在虛空中朝著莫名其妙的方向亂竄，無法攻擊站在我們前方的希耶絲塔。

「看來六年份的故事也差不多要進入最終高潮了。」

「是呀，就靠我們全部的人，這次做個了結吧。」

白色與黑色的少女並肩站立，各自握起槍與刀。

然而不知是不是錯覺。

在我眼中看到了她們兩人之間還有一個嬌小的背影。

◆將未來託付鄰人

一瞬間也不得鬆懈，漫長如永恆的性命交鋒。然而現實時間連幾分鐘都不到的這場戰鬥，最終在巨大怪物短促的哀號中落幕了。

「打贏、了嗎？」

我望著希耶絲塔與海拉激烈喘氣的背影，終於把緊握的拳頭鬆開。

「……呼……呼，妳的寵物，會不會太沒管教了？」

「……嗚……呼，人家不是常說，頑皮的孩子比較可愛嗎？」

那樣互相抬槓的兩人所注視的前方，在那棵現在幾乎已經與時尚大樓化為一體的巨樹底下，參宿四趴倒在地上。帶來災禍的怪物在希耶絲塔的槍擊與海拉的刀砍下，終於停止動作。

「最後真虧妳有辦法那樣用滑的逼近敵人還能讓子彈擊中目標呢。」

「畢竟我不想讓功勞被妳搶走呀。」

「這個正義使者還是老樣子這麼好強。」

海拉與希耶絲塔雖然如此鬥嘴，但還是面對面在比較低的位置互相擊掌。她們彼此既不是敵人，也終究不是夥伴。現在只是擁有共通目的的同志，才讓兩人並肩戰鬥了——可是……

「妳們兩位，小心。」

我走近希耶絲塔與海拉的同時，如此提醒她們。《生物兵器》參宿四被打倒後會發生什麼事，過去**受害**最深的我最清楚。

「——花粉。」

希耶絲塔瞇起眼睛注視遠方。趴倒在地的參宿四屍體上開始膨脹出巨大的花蕾。在一年前與海拉的決鬥中被那朵花散播的花粉撒到的我，當場失去了前面幾小時的記憶。就這樣遺忘了希耶絲塔之死的真相，連她託付給我的思念都忘記，害我整整一年過著溫吞安逸的生活。

現在又即將發生和當時同樣的狀況。必須在那些花完全綻放之前，連苞帶蕾將它們切除才行——

「有點奇怪。」

然而就在我準備行動的時候，卻被海拉制止了。下一瞬間，參宿四全身萌芽的大量花蕾竟**同時開始枯萎**。

我起初還以為那是由於參宿四被希耶絲塔與海拉完全擊敗，連讓花朵綻放的力量都沒了。但說到底，參宿四究竟是誰製造出來的？只要思考這點，自然可以得出答案。

「——席德。」

在巨樹下，倒地的怪物旁邊，緩緩出現一道人影。

是所有複製體(clone)的生父——席德。

而且仔細一看，那傢伙腹部的破洞正有如細胞再生般逐漸被補起來。從他背部伸出的好幾根《觸手》正經由地底吸收參宿四的能量。能夠將自身力量分給《人造人》的席德，反過來也能夠把分出去的力量回收到自己體內。

「父親大人。」

海拉小聲呢喃。

被風吹起的黑髮讓我看不見她的表情。

「──為什麼？」

席德發出彷彿帶有雜訊般的聲音。

「海拉，為什麼妳現在是站在那一邊？妳的使命呢？難道妳要就這樣讓我們的《種》滅絕嗎？」

他對恐怕是睽違一年重逢的前得力幹部絲毫不帶任何感情地冷漠下令──回到自己陣營來戰鬥。

「我打從一開始就是這樣計畫的──雖然我是很想這麼說啦。」

結果海拉朝遠處的席德邁出幾步後說道：

「但很遺憾，靠我的力量敵不過這個名偵探。在剛才的戰鬥中，我從旁觀察就明白了。現在的我就連在她身上砍出一道致命傷都辦不到。」

她冷靜分析著自己與希耶絲塔之間的力量差距，卻同時揚起嘴角。海拉比誰都清楚，現在的自己是一名傷兵。

「父親大人，我們輸了。」

海拉如此說著，為這場《SPES》與《名偵探》之間長年來的戰役做出結論。她判斷不只是自己，現在的席德同樣沒辦法贏過希耶絲塔。

「——既然如此，海拉，妳來成為我的容器。」

然而席德的答案卻不一樣。

我、希耶絲塔與海拉都霎時全身僵住。

「這就是妳的使命，妳出生的意義。」

……對了，夏凪（海拉）同樣原本是席德的容器候補。她至今為止是由於有心臟（希耶絲塔）在體內，才阻止了席德入侵。但現在既然那兩人再度分離，無論希耶絲塔或海拉都可以被席德當成容器利用。

「我成為、父親大人的容器……」

海拉的赤眼搖盪起來。自從她出生於這個世上……也就是在夏凪體內以新的人格誕生以來，一直都只把父親席德的命令當成行動指標。對海拉來說，那是絕對不變的詛咒、束縛。她的行動方針全都起因於席德。

然後此刻，海拉事隔一年又再度收到席德下達的使命。打贏希耶絲塔在理論上是不可能辦到的事情，因此海拉還能夠拒絕。但成為席德的容器在理論上是可以辦到的行為，既然如此，海拉對於席德這道命令就——

「我拒絕。」

如此回答的人卻不是海拉。

驚訝回頭的海拉眼中看到的，是那名白髮偵探。

「……為什麼、妳要拒絕？」

海拉詢問希耶絲塔保護自己的理由。

詢問曾經是敵人的自己值得希耶絲塔站出來袒護的價值。

「那種事我才不管。」

可是希耶絲塔卻一反平常的態度，用莫名像個小孩子的語氣說道：

「因為我不喜歡那樣，所以我不接受。」

那是從過去只靠理論行動的希耶絲塔身上難以想像的結論。

然而現在的她已經明白了人的感情。

想必是因為這一年來，她活在那位感情比誰都激烈的少女體內吧。

「——這樣呀。」

海拉聽到那句話，**笑了**。但那絕非是懷抱什麼企圖的陰險笑容，而是有如原本附身的詛咒總算消散般爽朗的表情。

「抱歉，父親大人。不，席德。」

她接著轉向《原初之種》，對長年來在她心中旋繞的課題得出了新的答案：

「如今我的選擇，是讓鄰人面帶笑臉的未來。」

海拉將握在右手的軍刀舉向席德。

那就是她導出的結論。過去曾苦惱於什麼存在也不是的自己，反覆自問自答為何生於世上的她——如今透過將存在證明託付他人而得到了答案。而那所謂的他人對海拉而言是有如鏡子般的存在，能夠從外側映出眼睛所看不見的自己。

就像希耶絲塔剛才代替海拉保護了她自身的存在；就像夏凪過去告訴了海拉她心中不自覺間產生名為激情的感情。海拉將自己的行動方針託付給了比她自身更理解自己的鄰人(夥伴)們。

「席德。我就用你給我的這把刀，送你最後一程。」

隨著海拉的赤眼綻放光芒，這句發言中也寄宿了魂魄。然而那無關乎《種》所帶來的能力，而是她讓這段故事邁向結局的誓言。

「——果然如此嗎？」

結果在全身逐漸乾枯的參宿四旁邊，席德平靜地接受了海拉的叛離。如今在這片戰場上已經沒有人會站在席德那邊了。然而這反過來說，也意味著唯有《原初之種》此刻依舊存在於那裡。將繁衍子孫視為本能的他，在這片戰場上選擇的未來是——

「親若死，子也難存。」

席德原本暗淡無光的眼眸頓時綻放出深紫色的光芒。

「助手，你準備好了嗎？」

「當然，早從一年前就做好準備啦。」

《ＳＰＥＳ》與《名偵探》之間的最後一戰，開幕了。

◆不幸的王子

為了守護留存子孫的生存本能，再度展現出戰鬥意志的席德大概是從《生物兵器》身上把能量回收完成了，他的肉體接著漲大隆起，粗壯的血管用力脈動。而且從他的雙肩還伸出像龍一般巨大的《觸手》。

「希耶絲塔！」

見到敵人進入備戰狀態，我也把槍握了起來。現在已經不是講什麼我會不會礙事的狀況了。

「嗯，我們上。」

我和希耶絲塔從右側，海拉則是把軍刀握在腰際從左側攻向敵人。我們必須先把對手肩膀伸出來的那兩根《觸手》解決掉才行，因此兵分兩路各自對付一根《觸手》——

「——首先是右耳，這已經不需要了。」

霎時，**席德的右耳忽然炸開**。

我們見到那景象雖然一瞬間忍不住停下腳步，不過……

「唔！休想得逞！」

察覺出將會發生什麼事情的希耶絲塔立刻朝席德開槍。

「這個耳朵已經功成身退，接下來把那些能量分到其他地方才是良策。」

然而席德這句話還沒講完，他右肩的《觸手》就變化為有如銀色巨劍的形狀，彈開希耶絲塔射出的子彈。

「那麼這招如何？」

伴隨激烈的金屬敲撞聲響，這次換成海拉的紅色軍刀把銀色的《觸手》彈開。然而終究只是彈開而已，並沒能砍斷它。

「……嗚！」

面對比參宿四的鱗片還要堅硬的《觸手》，海拉只能被迫展開單方面的防衛戰。

塔。

「接著是左眼，這也不需要。」

席德如此說之後，紫色的眼睛倏地失去光彩。

「早在七年前，這力量本來就已經沒有了。」

這次換成他左肩的《觸手》分裂成十幾根，彷彿各自擁有意識般襲向希耶絲塔。

「嗚！數量太多了。」

希耶絲塔雖然嘗試靠滑膛槍應戰，但大量的細長《觸手》即使被擊斷也能在幾秒鐘後開始重生。這導致她和海拉一樣，陷入只能夠專注於防禦的狀況。

「……只剩、我了嗎？」

既然海拉和希耶絲塔都遭到敵人牽制，現在戰場上就只剩下我一個人了。於是我利用變色龍的變身能力，將自己的身影與周圍景色同化。席德原本寄宿於《右耳》的能力是和蝙蝠一樣的超級聽覺……既然現在他喪失那個力量，應該就無法輕易找出我的位置才對。我就這麼讓自己消失蹤跡，朝敵人直衝而去。

「還有右眼，這也不要了。」

席德持續靠《觸手》攻擊的同時，如此小聲呢喃。

結果他右眼的紫色光芒也跟著消失。

「……嗯？」

下個瞬間，我腳下的地面忽然激烈震盪起來。地裂——大概是席德散播的《種》再度萌芽的緣故，讓地面裂開妨礙了我的腳步。接著……

「……嗚！痛、痛啊……」

從地底伸出來的細長**荊棘**刺穿了我的右腳。

「助手！」

希耶絲塔忍不住想要朝我的方向衝來，卻被大量《觸手》展開的波狀攻勢阻撓。另外海拉也跟我一樣，被裂開的地面妨礙腳步，在那樣的狀態下拚命對抗銀色的《觸手》。

「……聽力和視力都不需要，是嗎？」

我用短刀切斷荊棘，勉強站起身子。既然這樣……

「希耶絲塔，拜託妳囉！」

我們之間的默契如今已不需要對話。我只和她用眼神示意後，便在柏油路面上一蹬，**跳向**一根《觸手》。

「……嗚！」

被荊棘刺傷的右腳頓時傳來劇痛。但是沒關係。夏凪渚上次肯定也是忍受著同樣的劇痛，獨自一個人面對巨大的惡敵。

我忘記疼痛，把大量《觸手》當成踏腳處移動。沿著希耶絲塔幫我朝敵人方向誘導的《觸手》所鬮出的一條路——

「人血的氣味不管在哪裡，我都可以知道。」

就在我快要抵達席德的地方時，一根《觸手》插進我的側腹。即便失去視覺，他還是靠著跟地獄三頭犬一樣的超級嗅覺精準捕捉到我的位置。然後……

「我把**這個**託付的對象不是你。還來。」

「……嗚！咳、啊……」

席德的細長《觸手》在我體內攪動，挖走**某個東西**。

從我口中濺出深紅色的血液，內臟被攪傷了。

「變色龍的、種……」

席德將原本埋在我體內的黑色礦物挖出來後，通過《觸手》吸收到自己體內。

沒能抵達席德面前的我只能當場倒在地上。

「……！助手！」

是希耶絲塔的聲音。她穿過大量《觸手》的縫隙間，朝我的方向衝來。

「……不、行。」

由於我陷入危機讓希耶絲塔當場覺醒爆發，把《觸手》一網打盡……那樣的漫畫情節根本不可能真的發生在現實中。敵人的攻勢之所以會在這個時候變緩是因為……

「…………啊。」

或許是從我體內吸收了爬蟲類的《種》形成的影響——席德的《觸手》不知何時聚集成一根，變化為儼如巨蛇的形狀，從希耶絲塔的背後咬住她的頸部。

「希耶、絲塔……」

鮮血從脖子一路流到肩膀的希耶絲塔倒在我的旁邊。

「……我好像、搞砸了呢。」

「我就說……妳在我遇到危機的時候總是焦急過頭了啦……」

以前我被海拉綁架的時候，希耶絲塔也是莫名著急抓狂地趕來救我。即便是平常一貫冷靜沉著的名偵探，遇上緊急狀況就會變成這副德行。唉，受不了——

「……我說妳，會不會太喜歡我了啊？」

「……你這傢伙，是笨蛋嗎？」

我們雖然嘴上這樣輕鬆抬槓，但其實兩人都倒在柏油路上痛苦地皺著臉。

「——果然如此。」

在模糊的視野遠方，敵人用失去光彩的眼睛睥睨我們。

「你們人類就是因為具備所謂的感情，才會像這樣讓生命陷入危機，使生存本能受到威脅。」

太愚蠢了——席德的態度中感受不出憤怒或憐憫，只是冷酷地道出客觀性的事實。

「你也曾經有過感情吧……」

我用幾乎要把臼齒咬碎的力道緊咬牙根，嘗試再度站起身體。

「但是在增生子孫的過程中把那個感情也分了出去，導致自己忘記了這回事而已。其實你以前也是……」

「對，沒錯。因此《原初之種》獲得**進化**了。」

「……？」

面對腹部劇痛而意識逐漸模糊、腦袋跟不上對話的我，席德接著說道：

「在守護生存本能上不需要所謂的感情。不，是不可以有感情的存在。正因為如此，我才會在進化的過程中將它切割捨去了。」

……原來如此，那就是席德的理解方式。本能與感情不同。他認為感情甚至可能危害到對他而言……不，對生物而言最重要的生存本能。而自己現在喪失感情，以生物來說是正確的進化方向。這就是他的想法。

我現在沒有話語可以推翻他這樣的主張。如果現在沒有流血，如果身體還能自由行動，或許我還能想出什麼反駁的理論……不對，光是想到要用上腦筋思考大概就已經不行了。像這種時候，那女孩會怎麼做？那個靠著心中的激情奮鬥過來的夏凪渚會怎麼——

「——你才沒有喪失感情。」

劃破空氣的聲音傳來，讓我即使跪在地上也忍不住把頭轉向後方。結果我看到與腦中浮現的人物完全相同外觀的少女雙手握刀撐地站在那裡。

「還有一種感情。在你心中依然殘留著一種感情。」

軍裝少女雖然全身刀傷，但依然凜然地站在世界之敵面前。在她身旁，總算被砍斷的銀色《觸手》掉落在地面上。

「妳到底在說什麼？」

席德用黯淡無光的眼眸注視海拉。相對地，海拉則是咬著嘴唇，道出之前那天發生過但連我都還不知道的事情：

「那一天，當你被夏凪渚的刀砍中時，你說過一句話——連妳也是嗎，海拉。」

那也代表——海拉說著，緊握起那一天夏凪也揮舞過的軍刀，告訴席德自己的推理：

「你對於我的反叛行為感到驚訝，而且感到悲傷。」

就在海拉如此說道的瞬間，從地面長出來的植物同時開始枯萎。

席德那對應該已經看不見的眼睛似乎也睜大了。

「你和我之間的關係，只是單純的下令者與聽令者。除此之外什麼也不是。」

海拉平靜地說出自己與席德之間幾年來建立的關係。就好像我跟希耶絲塔之間既非情人也非朋友，而是奇妙的工作夥伴一樣。

「對你來說，我只是一枚方便的棋子。我既不曉得《聖典》的真相，甚至不知道你打算將我當成容器的事情。」

……對，一年前剛遇到海拉的時候，她只是徹頭徹尾地盲目相信席德。因為如果不這麼做，如果不找一個藉以固定自己的榫頭，就沒辦法讓身為夏凪體內另一個人格而曖昧模糊的自己得到存在的意義。

然而後來由於希耶絲塔的心臟埋入夏凪體內，使得無意識下的海拉共享到希耶絲塔的記憶，才總算發現自己原來一直遭到席德利用。

「我感到很火大，也覺得自己受到背叛。或許就是因為如此，我被名偵探封印到夏凪渚的體內之後都沒有做出什麼抵抗，而且像現在這樣終於浮上表面也決定要把刀舉向你。」

但是——海拉說著，將原本舉起的軍刀放下。

「我注意到其實你也跟我一樣。就好像我為了找一個讓自己留在這世上的榫頭而希望得到你的信賴，你其實同樣也只是希望有誰陪伴在自己身邊而已。」

那想必是《原初之種》為了在這顆星球上活下去而過於接近人類結果導致的失

算。席德在不自覺下獲得了會與生存本能相排斥的感情。然而後來他在生出《人造人》的過程中，又失去了力量與感情。

當原本擁有的東西後來欠缺所造成的喪失感，會遠比打從一開始就沒有的時候還要強烈。舉例來說，就像我失去了與希耶絲塔之死的真相相關的記憶，就像希耶絲塔遺忘了曾經和愛莉西亞與夏凪認識的過去，還有像夏凪一直以來迷失自己究竟是什麼人的感覺。

因此席德想必也和我們一樣。每生出一個孩子就喪失一部分感情，對於心中不自覺間開出的空洞比誰都感到困惑的，恐怕是席德本人吧。

「父親大人。」

海拉再次這麼稱呼席德。

然後放下武器，一步一步走向對方，哭腫著眼睛叫喚：

「您曾經信賴的我，現在就代您大聲主張——父親大人，您才不是什麼怪物！**期盼成為人類的您**不可能是怪物！不惜讓眼睛喪失光明、讓力量喪失、讓生命被消耗也要守護自己的孩子。你那種感情的名字就叫——」

這時，席德右肩伸出的那根已經欠缺銀色部位的《觸手》刺進海拉的左肩。

「——嗚！」

海拉雖然臉上浮現痛苦的表情，還是撿起軍刀砍掉《觸手》。

「父親、大人……」

「不行。那已經**不是席德**了。」

希耶絲塔用手壓著自己受傷的頸部，奮力擠出聲音。

「席德的意識被取代了。」

被那隻《銜尾蛇》——希耶絲塔這麼說著，仰望從席德左肩伸出來的《蛇》。

「右耳、左眼、右眼，接下來，就是你自身的意識了。」

宛如低沉雜音般的聲音，從席德左肩長出來的**巨蛇講話了**。牠將席德所剩無幾的意識與感情全部排除，彷彿現在那個身體已經完全受到那條蛇掌控。《銜尾蛇》恐怕就是深植於席德心中的生存本能本身的名字。

「——血。血還不夠。」

取代脖子癱軟而低頭朝下的席德，《銜尾蛇》金色的眼睛朝我們直瞪而來。

「助手……」

「希耶絲塔……」

依然無法站起身子的我和希耶絲塔互相把手伸向對方。

「……唔！」

海拉擋到前方保護我們。《銜尾蛇》巨大的毒牙逼近海拉——就在我模糊的視線看到一片鮮血灑出的同時，我失去了意識。

◇幸福之燕的故事

好深邃、好深邃的光芒之中。

即使把臉別開，把眼睛閉上，依然會透過眼皮照進來的耀眼光芒。

從前，我身為某位少女的另一個人格誕生於世上，是個彷彿吹一口氣就會散掉的虛渺存在。那名少女——主人自小身體虛弱，而她為了逃避治療帶來的痛苦，在自己體內生出了我這個存在。

我就這麼將主人受到的痛苦分擔一半，同時抱著雙腿關在獨自一個人的世界中。然而最讓我難以忍受的，其實是主人散發的「光」。

那張有如夏日豔陽般耀眼的笑臉。明明是因為有我分擔一半的苦痛，主人才能那樣歡笑，但她卻對這點毫不知情地與同伴們談笑風生。我對那樣的她感到無比憎恨。

——然而有一天，原本表裡一體的我們終於對調立場了。

『妳的名字叫海拉。代號——海拉。』

當我醒來聽到這個世界的第一個聲音，是《原初之種（席德）》的這樣一句話。

我名叫海拉。

代號——海拉。

當他叫出那個名字，當什麼存在都不是的我獲得認知的時候，一片光芒中彷彿出現了黑影。但是對我來說，冰冷的黑暗比什麼都來得舒適。

『妳有一份使命。為了守護同胞，破壞這個世界。』

席德說著，遞給我一本書。

『破壞世界就是我的工作嗎？』

『破壞世界是我們的手段。』

對於依然疑惑歪頭的我，席德……父親大人說道：

『妳的工作只有一個，就是無論發生什麼事都要活下去。』

現在回想起來，那也許只是父親大人為了實現他的計畫而一時方便講出的話語。為了將來有一天把我當成容器利用，所以講出的場面話。

然而就在那時，我心中確實產生了一種感情，找到了讓自己想要在這世界上活下去的榫頭。因此我遵循著後來得知名為《聖典》的那本預言書，開始破壞世界。

『我很清楚，那並不是正義的行為。』

即便如此，我依然不斷說服自己，揮舞父親大人託付給我的紅色寶刀。

只要這樣就好——我當時真心這麼認為。在那片耀眼眩目的光芒中，依附著僅僅一滴黑暗染出的汙漬——如果這麼做可以讓我的存在受到世界、受到父親大人認知，這樣就好。如果那樣的我肩負的使命是成為《世界之敵》，那麼我就只為了這個目的而活吧。

然而唯一的失算就是，對於自己比什麼都討厭的那片光芒……對於自己憎恨的主人，我竟然在不知不覺間變得珍惜起來。然後假如正是我那份迷惘與懦弱**創造出了此刻這片戰場**，我也只能對自己的不中用無奈苦笑了。

「——不對，才不是『不知不覺間』。」

打從一開始就是那樣。我與渚之間的關係有如鏡像，是表裡一體。

嫉妒，只是由愛所生的恨。

「居然、還活著。」

《銜尾蛇》金色的眼睛從遠處睥睨跪在地上的我。

那正是父親大人的生存本能化為實體的模樣。既然如此，若不砍下牠的腦袋，我的……或者說外頭世界的聲音肯定傳不到父親大人心中吧。

「還想站起來？還要把血交出來嗎？」

巨蛇盤踞在半空中，吞吐赤紅色的舌頭。牠應該是想藉由吸收我體內寄宿有父親大人DNA的血液，讓自己獲得更強大的力量。

「你可別搞錯了。」

我把軍刀刺在地面上，支撐身體站了起來。

為什麼還要這樣反抗？為什麼還能站立？那條蛇似乎無法明白這些理由的樣子。但畢竟牠只是單純的本能，既沒有記憶也沒有感情，所以沒辦法理解也是當然的。

不過，那個人以前確實對我說過。

「父親大人命令我，絕對要活下去。」

很抱歉，這就是我們之間的約定。

我架起父親大人託付給我的紅刀，朝君臨大樹下的敵人疾馳而去。

「父親大人，請您放心。您已經不需要再做這種事情，您起初懷抱的生存本能也早已實現了。」

我揮刀斬斷伸出地表襲來的荊棘，並衝向站著身體、失去意識的父親大人。

原本覆蓋《原初之種》的鎧甲幾乎都已破碎，身體上還出現龜裂。那對眼睛已經失去光明，僅剩一邊的耳朵也不曉得聽不聽得見聲音。意識與感情全部喪失，只剩下枯朽的命運等待著他。即便如此，我依然對著那個人叫喚：

「您希望留下來的東西，都確實活在這顆星球上！藍寶石的眼睛、紅寶石的劍、鉛塊製的心臟——全部都活在這個世界！」

父親大人想要在這顆星球上留下的不只是《人造人》而已。

連人心都能看透的藍寶石之眼。

燃燒激情烈焰的紅寶石色寶劍。

即便喪命也不會碎裂的鉛塊心臟。

那些想必都是父親大人其實希望守護的存在。

「——早已沒有耳朵會聽妳那些話。」

《銜尾蛇》的尾巴這時劃破大氣，朝我射來。

巨蛇陰險一笑。然而就在下個瞬間，牠驚訝地睜大那對金色眼睛。

本來應當瞄準我心臟的那招攻擊，卻在即將刺到我左胸的時候忽然停住。

為什麼利刃傷不到我？**究竟是誰阻止了攻擊**？答案不用說明也很清楚。

「您一直以來所執著的生存本能，如今已化為守護孩子的**親情**，成為確實的遺產在這星球上留存下去！唯有您那份遺志絕不會死！」

這肯定是《原初之種》最初懷抱的生存本能實際上的本質。

那就是連父親大人自身都在許久以前遺忘的感情之名。

「……！竟敢、礙事……！」

《銜尾蛇》霎時對自己的宿主瞪了一眼後，這次換成用巨大毒牙迎擊已經逼近到幾公尺距離的我。軍刀與尖牙交鋒，結果是我的身體被遠遠撞向後方。

「……好像、有點亂來過頭了呢。」

摔在水泥地上的我準備重新站起來的瞬間，身體卻忽然使不出力氣，讓我忍不住跪了下去。愛莉西亞的心臟剛植入這個身體沒多久，更何況這是在短短幾天前才死過一次的肉體。本來光是能夠像這樣起身應該就算奇蹟了。

「——哈、哈哈。」

巨蛇再度嗤笑。有如從父親大人身上吸取所剩不多的感情貪食著。

「違背生命之理的傢伙，沒有權利重新活下去，也沒資格反抗名為生存本能的我！」

《銜尾蛇》如此放聲咆哮後，用毒牙朝我襲來。我的身體卻再度被撞飛。

「抱歉，海拉。我睡過頭遲到啦。」

只不過這次撞開我的，是身為名偵探助手的少年。

「不愧是我的搭檔，你來救我了。」

我故意假惺惺地這麼笑著，並藉助他的手站起身子。

緊接著傳來一聲槍響。似乎同樣從午睡中醒來的名偵探正手舉長槍與《銜尾蛇》對峙。

「真受不了，你們明明也傷得不輕呀。」

我看著從額頭與腹部都流著鮮血的少年，不禁嘆息。

「是啊，畢竟我上次沒能遵守那個約定。」

他說著，咬起嘴脣。

——約定。應該是講幾天前在那棟實驗設施，他背著夏凪渚立下的誓言吧。要是你敢做出讓主人哭泣的行為——就加倍殺死你。

因此他現在透過我想要保護主人嗎？如果是那樣……

「那個約定可是永遠都有效喔。所以你今後也要繼續陪在主人身邊。」

我這麼告訴他後，右手再度握起紅刀，眼睛注視敵人。

「——妳要走了？」

結果少年似乎察覺出我接下來打算做什麼，而用這句話讓我一瞬間止步。

「嗯，所以你也到你搭檔的地方去吧。她現在肯定需要幫忙。」

「……我會。但是妳……」

教人驚訝的是，他的眼眶竟然溼了。

難不成他對**身為敵人的我**起了同情心嗎？假如是那樣，真讓人有點想笑呢。

不，感覺好像還是笑不出來。但願那種優柔寡斷的個性今後不要扯到他的後腿……

不過關於那方面的問題，只要讓他的**搭檔**好好教育他一番應該就行了。我這麼想著，在準備重新步向《原初之種》之前，再度回頭看向少年。

「我很高興能夠生到世上。」

聽到我這麼說，他霎時驚訝得睜大眼睛，接著很快露出柔和的微笑。

為什麼我會想要在此刻告訴他這種話？

雖然感到奇怪，但我心中一片平靜。

「主人就拜託你了，君塚君彥。」

最後叫了一聲他的名字後，我乘風奔馳。

途中與搖曳著白髮舉槍戰鬥的少女那雙碧藍的眼眸對上視線。

如今算起來已是一年前的那一天。

面對在我眼前挺身戰鬥的那兩人，我曾問過他們那樣互相信賴對方的理由。然而當時我到最後都沒能理解他們之間的關係，就那樣被封印在主人的身體裡。但現在我總算能夠理解，不……其實他們那時候也說過。

「那就是羈絆呀。」

我無意識中揮動**綻放紅光的寶刀**砍斷《銜尾蛇》朝我刺來的尾巴，同時如此自言自語。接著在最後，我只默默和名偵探再一次交換視線後，便蹬著地面向前奔去。

「我和她之間只要這樣就夠了。」

這或許也算是另一種形式的羈絆吧——這樣講好像太過美化了？我不禁對自己的想法露出苦笑。

但至少我和主人之間……和夏凪渚之間到最後建立起了我們之間的羈絆。接下來要把這點也告訴父親大人。這就是我最後必須完成的使命。

「**這雙腳不會停止**。」

我透過《言靈》的力量對自己如此命令。

於是握在手中的刀也呼應似地綻放出宛如烈火燃燒般的紅光。

我要將留在身體裡的《種》全部的力量，甚至連自己本身的意識都注入這把紅刀，破壞《原初之種》本體。如此一來那隻《銜尾蛇》肯定也會斷命。因此我踏著已經停不下來的腳，衝向《原初之種》。

父親大人在那棟被巨木貫穿的時尚大樓底邊。那棵巨樹變得比起剛才更加肥大，幾乎把全高五十公尺的建築物完全吞入其中。

「所有的罪，都由我承擔責任。」

這個世界受到的傷害絕對無法恢復原狀。

我背負著所有的罪、流淌的血、生命的分量，奔馳於戰場上。

全身上下的每一個細胞——刻劃在其中的《種》的力量，以及我自己的意識，這些全部都凝聚到我的手掌上，注入紅寶石色的刀身。

「我深信，這就是愛。」

接著……

「海拉……！」

君塚君彥的呼喚從背後傳來的同時，我的紅刀貫穿了《原初之種》的腹部。

「啊啊啊啊啊啊啊啊啊啊啊啊啊啊啊啊啊！」

這感情究竟是什麼？

既非憤怒，也非悲傷。

只是就算如此，我依然忍不住吶喊。

將彷彿全身骨頭都會碎裂般的力量注入握在雙手中的刀，順勢把席德刺在眼前

聳立的巨樹底下。

「——嗚、啊！」

只要我抬頭應該就能看見的父親大人口中溢出微弱的呻吟。

與此同時，我聽見背後傳來怪物臨死之際的慘叫。

就在這一刻，最後的敵人枯亡了。

「——海、拉？」

忽然間，我好像聽見教人懷念的聲音。

是六年前，賦予我名字的那個聲音。

「是，代號——海拉，在這裡。」

因此我也和那天一樣回應後，說出和那天不同的答案。

「父親大人，我們回去吧。回到我們應該存在的世界。」

不曉得是不是我的錯覺，當我抬起頭……

看到了父親大人的嘴角好像稍微笑了。

「——嗯，我有點、累了。」

最後聽著他這句宛如普通人類般的發言。

我倒在他的胸口上，緩緩地、緩緩地閉上了眼睛。

第二章

◆終章與序章

『這樣嗎？那麼，一場世界危機就此結束了。』

在電話的另一頭，少女鬆了一口氣似地嘆息。

「是啊。後來已經過了一個禮拜，但席德的封印看起來都沒有要解除的跡象。」

在某間小醫院中，我背靠著走廊牆壁如此回應。

——一週前，我們以遭受植物支配的都市為舞臺上演了一齣挑戰《世界危機》的戲碼。由我、希耶絲塔以及海拉對戰《原初之種（席德）》。雖然最終是我們獲得勝利，但付出的代價也很大。

寄宿於夏凪渚體內的另一個人格——海拉將留在自身肉體內的所有《種》之力量甚至加上她本身的意識都注入紅刀，與席德一起被封印在巨樹中。如今那棵巨樹依然彷彿睥睨著我們人類似地聳立在都市中。

『辛苦你囉，君彥。』

在電話中，對方如此慰勞我。

『你們選擇了連我都沒能預測的未來路線，從危機中成功拯救了世界。身為一名《調律者》，謹讓我向你致謝。』

謝謝你——對方這麼說道。

即使雙方距離九千公里之遠，我也能知道她此刻在電話的另一頭對我鞠躬。

「……我根本什麼也沒做。」

的確，現在一場《世界危機》解除了。但那並不是靠我的力量辦到的事情，一切要歸功於希耶絲塔、夏凪以及多位同伴們的奉獻付出。而且最後讓席德沉眠的，是海拉——繼承自她主人的那份激情。

海拉的最後是否幸福呢？我望著巨樹思考起這種事情。死者無語，那麼活著的人就應當對那沉默懷抱敬意，不該隨便代替他們發表感想。

即便如此，我還是忍不住會想。一直以來都在尋求名為愛的榫頭固定自己的海拉，以及在最後明白了感情……不，應該說回想起感情的席德，但願他們能夠在那棵巨樹中安詳沉眠。

「妳才辛苦了啊，米亞。」

我切換心情，對米亞這麼說。

巫女——米亞·惠特洛克。身為《調律者》之一，肩負預言《世界危機》之責的她，同樣長年來透過與希耶絲塔合作的形式對抗席德。其中的恩怨搞不好比我還要深，但現在總算都結束了。米亞於是再度回到了倫敦那座鐘塔。

『彼此彼此吧。是說，你的傷怎麼樣了？』

「哦哦，已經恢復到可以像這樣跟妳講電話的程度啦。」

話雖如此，不過我在那場戰鬥中是被席德的《觸手》挖開側腹，正常來說就算還在生死邊緣徘徊應該也不奇怪……但以前我吞下《種》造成的影響果然還殘留在我體內的樣子，靠著驚人的恢復力讓傷口幾乎已經補起來了。雖然我的《種》很意外地居然是被席德親手摘除，可是不論好壞，今後想必多少還是會留下一些影響吧。然而現在更重要的是……

「真要講起來，希耶絲塔的傷勢才比較重。」

希耶絲塔當時在戰場上被《銜尾蛇》咬到頸部，受了嚴重的傷害。後來她被送進這間醫院……直至今天才終於恢復到准許親友探病的程度。其實她應該也擁有比平常人更強的恢復力才對，可見當時她的傷有多嚴重。

『那你去探望她應該就會治好吧？』

靠愛的力量——米亞語氣促狹地這麼說道。

「那也是預言嗎？」

『是女人的直覺。』

……是啦是啦。我丟下一句「再見啦」之後，掛斷電話。

接著，我來到希耶絲塔的病房，在門前深呼吸。

睽違一年又重逢的搭檔。當時由於狀況特殊，讓我們沒能靜下來好好講話。但就算現在可以靜下來了，我又該說些什麼？該告訴她什麼？雖然思緒依舊雜亂，我還是伸手打開了門。

「嘿，身體還好嗎？」

門內是一間還算寬敞的單人病房。

身著住院服的名偵探就在靠窗邊的病床上，坐起上半身。

「竟然是你的傷比較快治好，看來我已經不中用了呢。」

希耶絲塔轉頭看向我。一頭銀白色的秀髮被朝陽照耀，開著玩笑的嘴角露出微笑。雖然不曉得是否可以算平安無事，但看來她至少已經恢復到能夠跟我閒扯淡的程度了。

「嗯？夏露也來啦。」

我接著注意到坐在床邊椅子上的金髮特務。她想必是來探望希耶絲塔的，但其實她自己身上也還到處包著繃帶。

「……？夏露，妳怎麼啦？」

奇怪的是，夏露從剛才就不發一語，一下子瞥眼窺視希耶絲塔，一下又把視線移到自己手上，亂忙一把的。照她以前那麼黏希耶絲塔的態度，現在久別重逢應該撲上去緊緊擁抱也不奇怪地說。

「嗯，其實我起初也是那樣猜想的。」

希耶絲塔大概看出我心中的疑惑，於是代替夏露解說起來。

「但她似乎一見到好久沒見的我就突然害羞起來，變得不知道該怎麼跟我互動才好的樣子。」

「大、大小姐！請不要講出來呀！」

夏露依舊把視線放在自己大腿上，臉蛋紅得跟蘋果一樣。

「夏露，妳是哪來的熱戀少女嗎？」

「吵、吵死了。這有什麼辦法嘛……」

她這個不正常的現象看來很嚴重，就連跟我鬥嘴都莫名缺乏霸氣。

「……因為、我沒想到這種奇蹟居然會發生……不，當然我相信這點，也一直抱著要完成自己使命的決心。可是像這樣真的實現心願後，我反而變得不知如何是好……」

夏露小聲說著，握緊拳頭。

「——過來吧。」

看到愛徒那個模樣，希耶絲塔溫柔地對她叫了一聲。夏露頓時抖一下肩膀，然後緩緩抬起視線。

「對不起喔，害妳那麼傷心。」

希耶絲塔就跟以前也向我道歉過一樣對夏露這麼說道，並輕輕撫摸她的頭。

「……嗚……大小姐、大小姐……！」

夏露於是睜大眼睛，眼眶中很快就湧出淚水，像個小孩子般哭著抱住了希耶絲塔。

「唉，為何不從一開始就坦率點嘛。」

我看了她們那樣一段互動後，露出苦笑到窗邊為花瓶換上新花。

「……那種話，只有你最沒資格講喔。」

但我那句自言自語卻被耳尖的夏露聽到，結果她從希耶絲塔懷中稍微把臉露出來瞪向我。

「你們還是老樣子呢。就不能再稍微和睦相處嗎？」

「我和君塚和睦相處的未來永遠不會實現的！」

夏露這次換成把頭放到希耶絲塔的大腿上，對我這麼罵著。

「我本來以為我們稍微互相理解對方了說。」

「世上總有些事情即使腦袋明白，生理上還是會感到排斥吧？」

「希耶絲塔，抱歉。看來我們跟一年前一樣，什麼也沒變的樣子。」

既然經過這次的事情還是沒能改善關係，恐怕一輩子都沒希望了吧。我於是嘆了一口氣，坐到床邊的圓凳子上。

「呵呵。」

但希耶絲塔卻意外地笑了起來，摸著夏露靠在她大腿上的頭說道：

「好久沒欣賞到你們表演吵架了，真是不錯。」

「「才不是表演！」」

我和夏露異口同聲抗議後，又互瞪對方。

正當我們上演著這樣的鬧劇時……

「請不要擅自愉快聚會卻不找人家呀！」

一頭黑髮搭配粉紅與白色挑染，然後以左眼的眼罩為特徵的偶像——齋川唯進入了病房。

「唯！」

夏露挺起上半身後，露出鬆了一口氣的表情。

然而她看向齋川的視線位置比平常還要低。

「嗨，妳已經好了嗎？」

「是呀，完全沒問題了！——這樣講可能有點誇大啦，但總之我精神很好！」

坐在輪椅上的齋川對我比了一個Ｙａ的手勢。雖然她下半身並沒有受傷，但看來應該是體力尚未恢復到能夠自由走動的程度。而在後面幫齋川推著輪椅的，是以前的女僕版本《希耶絲塔》——也就是諾契絲。這一個禮拜以來，都是她在照顧我們。

「妳還是老樣子把女僕裝穿得這麼好看。」

「會這麼說的君彥眼睛觀察的重點才是老樣子呢。」

原來如此，我至少可以知道她這句話不是在稱讚我。

就在我跟諾契絲如此交談的同時……

「我們應該是第一次這樣親眼見面吧，齋川唯。」

坐在床上的希耶絲塔對齋川柔和微笑。

「初次見面，希耶絲塔小姐。我是世界第一最最可愛的偶像——齋川唯喔！」

齋川也坐在輪椅上盡現在的全力展現自我魅力。雖然希耶絲塔過去單方面知道齋川的事情並且在暗中守護著她，不過兩人今天才是第一次見面。

「好像在很多我自己不曉得的地方給妳添了麻煩，真是對不起。」

齋川直到剛才還保持的笑臉忽然蒙上一層淡淡的陰影，對希耶絲塔低頭道歉。

齋川的雙親過去曾經是《ＳＰＥＳ》的資金提供者。

「唯，那並不是妳需要道歉的事情。」

結果希耶絲塔伸出手輕撫齋川的頭。

「而且我不在的這段期間，謝謝妳陪伴在助手身邊。」

「希耶絲塔小姐……」

她們兩人這麼對望著……

「就是說呀，君塚先生照顧起來真的好辛苦呢。一下又要幫他按摩，一下又要為他做飯……別看君塚先生那種態度，他其實超愛撒嬌的，我還必須偶爾抱抱他才行……」

「不要胡亂捏造。」

「痛呀！」

我朝齋川的腦袋賞了一記手刀。結果她眼眶含著淚水咕噥一句「明明不是捏造的說……」讓我實在搞不太懂。希耶絲塔則是翻白眼瞪向我，不知嘀咕了什麼蘿還是控的三個字，但屋外偶然響起施工的聲音讓我沒有聽清楚。

「不過……原來如此。」

希耶絲塔忽然垂下眼角注視著我。

「這些就是你現在的夥伴們。」

現在病房裡除了希耶絲塔之外還有齋川、夏露與諾契絲。另外像剛剛還在跟我通電話的米亞，以及那位紅髮的女刑警應該也可以說是夥伴吧。

跟幾年前相較起來，夥伴的確增加，有了珍惜的對象。如今我已經能夠由衷這麼覺得……但是在場還少了一個人，因此我對希耶絲塔的那句話搖頭否定。

「還有一個要是遭到排擠就會比誰都生氣的傢伙。」

聽到我這麼說，齋川與夏露都把頭低下。

那位少女的名字，叫夏凪渚。

愛莉西亞的心臟移植成功，而且在《原初之種》的號令下一度從《休眠》狀態中甦醒。然後與席德的那場最終決戰中，海拉將自己的意識永久封印了。因此她的肉體這次換成夏凪的人格醒過來應該也不奇怪才對。

可是從那之後過了一個禮拜，即便身上的傷都已經完成治療她也沒有醒來，此刻依然在另一間病房中沉睡著。

「我當然沒有忘記她。」

我怎麼可能忘記呢——希耶絲塔閉著眼睛呢喃。

接著再度睜開眼睛後……

「所以說，助手，讓我們踏上拯救同伴的旅程吧。」

她這麼說著，朝我伸出左手。

「可是，要怎麼做？」
有什麼我們能夠做的事情嗎？
就在我如此猶豫的時候，希耶絲塔又說道：
「還有一個人物，我們必須見個面好好談一談。」
……哦哦，說得對。那是跟我們的現況明明有很重大的關聯性，卻到此刻都還沒在舞臺上正式登場的人物。這一個禮拜來，其實我也好幾度嘗試接觸，但對方始終沒有出現在我眼前。
不過既然希耶絲塔現在會這麼講，應該就表示與對方見面的準備工作已經完成了。我們如今有一堆事情必須和那個人談談才行。
「那麼，我們準備好就去見面吧。」
希耶絲塔雖然還在病床上，但還是挺著上半身對我說道：
「去見我們的救命恩人——那位密醫。」

◆守護活人的存在

我推著坐在輪椅上的希耶絲塔出發前往某間病房。畢竟太多人一起去也不太好，所以決定由我們兩人擔任代表。

我們就這樣走在小醫院的老舊走廊上，來到目的地的病房前推開門——便看見一名少女沉睡在病床上。

「夏凪……」

我推著希耶絲塔的輪椅靠近那名少女——夏凪渚身邊。

這一週來，我已經拜訪這裡好幾次，但至今依然沒能看到夏凪臉上浮現以前那樣燦爛的笑容。

「的確，讓渚能夠清醒過來的條件感覺應該已經湊齊了才對。」

希耶絲塔坐在輪椅上注視著床上的夏凪，對她此刻身處的狀況展開分析。

「剩下就是我們這些**外行人**無法察覺的部分了。舉例來說，可能她體內還是蓄積了相當嚴重的傷害。或者可能就算之前藉由《休眠》奇蹟性地克服了腦死狀態，但依然沒能避免對大腦造成的負擔，所以讓她陷入了所謂的植物人狀態。」

「是啊，我想得到的可能性也是那些。這一個禮拜我讀遍了各種醫學書籍，但終究只是外行人臨時抱佛腳，到最後也沒能得出什麼重大的假說。而且像夏凪這種特殊狀況，就算拿過去的案例來比較也沒意義。」

正因為如此，我們現在需要的是那位**專家**。那位曾經一度拯救夏凪的性命，然後可能知道有什麼手段能夠讓她再度睜開眼睛的醫學菁英。

「——在擔心別人之前，我倒希望你們先理解自己也是重度病患啊。」

從背後傳來一名男子的聲音，讓我不禁轉回頭……但那名男子卻對我瞧也不瞧一眼，逕自走向夏凪的床邊。

「狀況良好。看來我不在的這段期間也沒發生什麼問題的樣子。」

身著白衣的男子語氣平淡地如此咕噥後，調整了一下接在夏凪手臂上的點滴。

「受你關照了。」

我這麼說道，那男子才總算隔著病床朝我們看過來。

他年約三十五上下。外觀上最大的特徵是一頭鮮明的金髮，以及圓框眼鏡底下那雙相對於頭髮顯得顏色黯淡的眼睛。樣貌上一看就知道腦袋應該很聰明，再加上穿著白衣的緣故，讓人覺得他不止像醫生也像個精明的研究員。

「你是在講這位少女嗎？還是講你自己？我至今的確關照過數也數不清的患者，能想到的對象實在太多了。」

男子說出這樣一句像在開玩笑的話，但卻語氣平淡又面不改色。或許可以說不出所料吧，他看來不是個會講玩笑話的類型。

「兩者都是。不，還有希耶絲塔、齋川以及夏露也是……大家都受你關照了。謝謝。」

而且不止是這次而已。光拿我自身來說，在前一次與席德的戰鬥中受了傷被送到這裡來的時候，也是接受這位醫生的治療。然後我緊接著去詢問關於夏凪身體狀況時的那位院長也就是這名男子。

據說這間醫院並不收所謂一般的普通患者，而是專門治療像我們這種特殊人物的設施。過去那三年的旅途中，我和希耶絲塔也被這類的密醫拯救過好幾次。

「不，用不著道謝。那就是我的工作，也是我在這個世界應當扮演的角色。」

……總覺得從剛才開始，我們的對話就莫名有點搭不在一起。對方彷彿對於一字一句都不允許保留任何解讀的空間，甚至也拒絕分析或被分析字裡行間隱含的意思。

男子接著也不理會現場的氣氛或時機，依舊面無表情地對我們說道：

「我還沒自我介紹吧。」

「我的名字叫史蒂芬·布魯菲爾德——是《發明家》。」

——發明家。聽到這個詞，我腦中首先浮現的是世界的發明王——湯瑪斯·愛迪生。或者將時代再往前回溯，也可以想到在日本發明靜電裝置的平賀源內。然而現在這名男子在講的，恐怕不是指那類**普通的發明家**。

「也就是《調律者》。」

剛才一直保持旁觀的希耶絲塔這時插入對話。

「他過去還參與製作我的《七種道具》，另外也是將我的肉體透過冷凍保存維持在假死狀態，並且將搭載人工智慧的諾契絲創造出來的——密醫（發明家）。」

……果然是這樣。大約兩週前，我由於時機不巧而沒能在《ＳＰＥＳ》的基地見到面，不過當時將那座設施當成據點的神祕醫生，就是眼前這位叫史蒂芬的男子。他也是守護世界的十二名《調律者》之一——《發明家》。

「好久不見了，史蒂芬。」

坐在輪椅上的希耶絲塔抬頭望向病床對面的史蒂芬。

他們同是守護世界的《調律者》，或許在我不曉得的地方彼此熟識吧。

「是啊。像這樣看到妳實際講話行動，就能清楚知道那段為期一年的治療最終成功了。」

史蒂芬看著自己長期照顧治療下的患者，瞇細眼睛。

相對地，希耶絲塔則是……

「多虧你和渚，讓我救回了一命。不過，史蒂芬，如果你將拯救人命視為自己的使命，那麼我拜託你。希望你這次可以把渚救回來。」

她為了回報夏凪對自己的恩情，再度向史蒂芬請求幫助。她深信著，唯有這名男子可能會知道讓夏凪渚睜開眼睛的手段。

「白日夢。」

史蒂芬站在床邊寫著病歷，同時用那個稱呼叫了希耶絲塔一聲。

「妳那樣**太低估**我身為醫生的能力了。」

這句講法讓我覺得聽起來有點不對勁。

他不是講「太高估」。

換言之，他並非在謙虛「自己的實力不到那種程度」。

「我永遠都會為了拯救患者——為了拯救**委託人**竭盡全力、傾注心血，用上我所知的一切知識與技術。假若即便如此對方依然沒能醒來，我也絕不會對自己感到懊悔。那是因為我自認能夠做的事情都已經做到了。」

他的語氣中沒有絲毫憤怒或不滿的感覺。

面對那樣單純只是在講述事實的史蒂芬，我與希耶絲塔都默默傾聽著。

「因此如果我現在對於患者還有什麼能做的事情，便等於證明了過去的我在偷懶。但我以自己身為《調律者》、身為一名醫生的尊嚴發誓，絕沒有那種事情。」

聽了史蒂芬這段主張，我也終於理解那天風靡小姐為什麼會告訴我「夏凪渚已經死了」。那句話應該是出自她對《發明家》的信賴吧。

風靡小姐想必知道《發明家》史蒂芬・布魯菲爾德的哲學。因此她理解當史蒂芬施行過治療的結果診斷為「腦死」，就表示已經沒有其他拯救的手段了。

「……所以那時候也是——」

現在回想起來，幾週前當我發誓要想辦法讓希耶絲塔復活的時候，風靡小姐是將《巫女》米亞·惠特洛克的存在告訴我，做為可能實現願望的提示。但正常來想，她應該把當時在希耶絲塔的治療上也有參與其中的《發明家》史蒂芬介紹給我認識會比較自然才對。

可是風靡小姐卻沒有那麼做的原因，肯定是由於她很清楚既然《發明家》已經盡過一切努力，便沒有他能夠再多做的事情了。而對於即便如此依然相信奇蹟的我，風靡小姐當時唯一能夠提示的存在就是《巫女》了吧。

「所以今後我對於夏凪渚已經沒有任何新的處置可以施行了。」

史蒂芬冷淡留下一句「現在這就是最後的處置」之後，掀起白衣轉身走出病房。他這一個禮拜來也都不在醫院，或許接下來又要前往別的地方……去為某位背景特殊的患者做治療吧。

「等等。」

希耶絲塔自己轉動輪椅追在史蒂芬後面。我也跟著她一起來到走廊，看到《發明家》雖然依舊背對著我們，但由於希耶絲塔的呼喚而停下了腳步。

「關於你的哲學，我也知道。」

希耶絲塔對著史蒂芬的背影說道。

「你所懷抱的哲學還有一項，就是你絕不會挑戰100%不可能成功的手術。那麼反過來講，既然你出手治療，就表示那名患者肯定有獲救的可能性。」

那就是《發明家》史蒂芬的另一項信念。因此希耶絲塔主張就算只有1%也好，現在應該還有讓夏凪渚睜開眼睛的可能性才對。

「渚被診斷為腦死狀態後，依照她事前表明的意志將心臟提供給我了。但是，你並沒有就此結束。」

對了，沒錯。史蒂芬後來又進一步將愛莉西亞的心臟移植到夏凪體內。通常被判斷為腦死的患者應該絕對不會復原才對。即便如此，史蒂芬依然施行了第二度的移植手術，這代表他當時果然看到了那1%的可能性。

「那一天。」

史蒂芬背對著我們開口說道。

「我確實是從腦死狀態的夏凪渚體內將心臟移植給妳了。到這步驟為止，是我身為醫生的工作。」

然而——史蒂芬說著，把頭轉回來。

「我接著又決定從事身為發明家的工作了。」

望向我們的那對藍色眼睛，看起來好像笑得教人毛骨悚然。

「我討厭沒有再現性的奇蹟。」

但他的表情很快又恢復原本冷漠中流露聰明的感覺。

「普通的人類無法死而復生，這種事情我很清楚。但我更深深理解，妳們的身體一點都不普通。」

史蒂芬說著，注視希耶絲塔，或者應該說注視她的左胸。

「而我對於導致妳們身體變成如此的《原初之種》很有興趣。」

「……所以你才會把那座《SPES》的實驗設施當成據點嗎？」

這是兩週前我和夏凪到那地方時，諾契絲告訴我們的事情。當時史蒂芬在那場所調查《原初之種》的同時，也對希耶絲塔做治療。

「沒錯。實際上就像白日夢在一年前迎接死亡之後，雖然藉由冷凍保存技術成功讓肉體保留下來……但那並不算是只透過我的手獲得成功的案例。妳的身體同樣在死後立刻於無意識中進入了《休眠》狀態，試圖維持自己的生命。」

史蒂芬朝希耶絲塔瞥了一眼，對於她復活的理由如此補充說明。

「然後就在前幾天為夏凪渚做手術的時候，我不經意想到，既然夏凪渚曾經是《原初之種》唯一的完全相容者，她是不是甚至能夠藉由《休眠》故意讓自己身體進入假死狀態？」

那就是史蒂芬會決定對應該已經死亡的夏凪再一次出手治療的契機。

「因此從夏凪渚將心臟移植到白日夢體內後，我又進一步將名為愛莉西亞的少女留下來的心臟移植給了夏凪渚。當初本來是擔心萬一夏凪渚的心臟受損嚴重到無法移植的狀況，我才會從那座設施把備用的心臟帶過來，結果剛好就派上用場。」

「所以愛莉西亞的心臟才會在這裡……」

夏凪、希耶絲塔與愛莉西亞由於六年前接受過的藥物實驗，使得體內都有來自席德的DNA。因此她們三個人的心臟彼此具備**相容性**，能夠透過手術互換。

「兩項手術在移植的部分上本身都順利成功了。然而無論是白日夢或夏凪渚，兩人皆沒有馬上清醒過來。尤其是夏凪渚身上觀察不到足以推翻我腦死診斷的生理反應，看起來已經快撐到極限了。」

當天你到病房來剛好就是那時候——史蒂芬對我如此說道。大約十天前，夏凪被我握住的手變得越來越冰冷的記憶又湧現腦海。

「因此我沒有撤銷她腦死的診斷，反而認為這是理所當然的結果。要是世界上的死者那麼簡單就能復活，根本就不需要醫生這種職業了。」

……是啊，說得沒錯。從現代醫學的觀點來看，那時候夏凪確實是死了。不過史蒂芬恐怕在那三天後推翻了自己的見解。一週前的那一天，希耶絲塔睜開了眼睛，夏凪也稍遲一段時間後甦醒過來。希耶絲塔的狀況是原本就屬於自己的心臟花了三天時間穩定下來，夏凪則是在席德的號令下從假死狀態清醒了。

「我討厭『奇蹟』這種膚淺的詞彙。」

史蒂芬再度說出同樣的話。

「為什麼奇蹟不是每次都會發生？——那太沒道理了。因此我只相信具有再現性的事物。就這點來說，讓兩個人都從死境中復活的《原初之種》或許可以稱作是帶來再現性的**賢者之石**吧。」

「既然這樣，讓夏凪再次醒來的奇蹟也……」

我自己說到一半，又馬上注意到矛盾。

《原初之種》已經不在了。更何況——

「現在夏凪渚的身體中沒有留下任何一點的《種》。對於一個**普通的人類**，我已經竭盡所能了。」

議論又回到了原點。無論身為醫生或發明家，史蒂芬都已經完成了他的工作。然後他接下來又要前往世界上的某個地方，去拯救具有特殊背景的患者。將依然沒有醒來的夏凪留在這裡。

「現在可是用上了愛莉西亞的生命啊……！」

我奮力擠出來的聲音在走廊上迴盪。

現在明明用上了愛莉西亞的心臟，用上了她的生命。

都做到這種地步卻還沒辦法讓夏凪再度睜開眼睛，這種事情怎麼可以發生。

「助手。」

希耶絲塔輕輕捏了一下我的袖口。我緊握的拳頭在無意間已經讓指甲都抓破了手掌。沒錯，閃過我腦海的是另一個問題。

……我知道。史蒂芬是身為一名醫師為了拯救夏凪，才使用了愛莉西亞的心臟。只不過想當然地，那決定並沒有愛莉西亞的意思介入其中。那樣做究竟是不是正確的事情，我並不——

「我的工作不是為死者代言。」

史蒂芬的聲音響徹走廊，讓我抬起了頭。

「死者已經失去話語。既然如此，我應當貫徹的使命就是拯救此時此刻在眼前的生命。透過科學救人。除此之外不作他想。」

我知道。死者不會講話，可是我們卻擅自推測「他（她）應該是這麼想的」甚至期望真是如此，是生者的傲慢行為。

但過去也曾有一名偶像用美麗的場面話打破了那樣的矛盾。穿著美麗的衣裳，用歌聲驅散了迷惘。那樣究竟是否正確，我並不知道。

——然而，如果死者什麼也不說，就表示做為前提條件的提問也同樣不存在。既然這樣，或許打從一開始就不存在所謂的正確答案吧。

「君塚君彥，我再度跟你說清楚。」

史蒂芬叫出了我應該沒有自我介紹過的名字。

「如果是為了拯救兩個人，我就會不惜殺掉一個人，不可能三個人都救。我考慮的永遠是整體的最大幸福。數字就是一切。獲救的人數越多才是正義。對於必須持續拯救活人的我來說，沒有時間去想像什麼死者的遺志。」

下一位患者在等我——史蒂芬留下這句話便邁步離去。我則是……腦中浮現愛莉西亞與夏凪兩人的笑容，想不出任何話語反駁。

「回去吧。」

希耶絲塔再次輕拉一下我的袖口。於是我默默點頭後，回到房門敞開的夏凪病房。

「抱歉，夏凪，讓妳聽到了奇怪的話。」

我對依然在深睡的夏凪如此說著，想要握起她的手……卻又莫名感到忌憚而作罷。現在還找不出讓夏凪醒來的方法，讓我覺得自己根本沒有資格握她的手。

「……嗯？這是什麼？」

我不經意看到附近的櫃子上放著一本像舊書的東西。就在史蒂芬一開始站的位置附近。

「……！那是——」

希耶絲塔驚訝地搖曳碧眸，於是我把那本書遞給她。

結果她翻開書一看……那似乎是小孩子寫的繪圖日記。畫中描繪一名黑髮少女坐在床上，與周圍的白髮少女以及粉紅頭髮的少女互相談笑著。

「是愛莉西亞的日記。」

希耶絲塔如此呢喃後，將那本日記寶貝地抱在胸口。

「……看來答案早就出來了。」

看到愛莉西亞的日記與希耶絲塔的側臉，讓我回想起來。

夏凪的身體曾經一度靠著愛莉西亞的心臟清醒。當時在我眼中，看見了三名年幼的少女們並肩站立的身影。既然如此，那就是答案。即便是我擅自的願望也好，我寧願相信那時看到的景象。還有海拉留下的那句話。

「妳快醒來吧，夏凪。」

我對躺在床上的她這麼呼喚。

妳快點醒來，然後再跟以前一樣，為了無關緊要的事情跟我鬥嘴吧。

◆踏上決定世界之旅

過了三天。這段期間，我和希耶絲塔連同齋川她們一起繼續針對讓夏凪睜開眼睛的方法討論，集思廣益。

身為主治醫師的史蒂芬已經罷手。而他雖然表示過「自己已經沒有任何能做的事情」之類的話，但那應該不表示「除了史蒂芬以外的人也都沒有能做的事情」才對。

在這樣的思考前提下，希耶絲塔提出了另一位可能代替《發明家》的專家，於是我們兩人立刻啟程前往那位人物所在的地方……但是……

「我說，可以叫個點心嗎？」

在旅途中，希耶絲塔看著機上餐點的目錄對坐在旁邊的我如此詢問。

我萬萬沒想到，居然會在出院隔天就被帶上空中之旅啊……

「太貴了，不行。所以我不是叫妳在機場商店先買好嗎？」

「那有什麼辦法？因為電車意外讓我們差點趕不上起飛時間呀。而且主要還是你害的。」

希耶絲塔用一副感到無趣的眼神看向我。很抱歉，跟我一起行動就必須做好被捲入這類意外麻煩的準備才行。難道妳都忘了？

「話說回來。」

希耶絲塔切換了心情似地注視我。

「好久沒有像這樣兩個人搭飛機了。」

我們現在位於距離地表一萬公尺的高空。四年前的那一天，我也是像這樣邂逅希耶絲塔的。

「是啊，從那之後都不知道跟妳搭過幾次飛機啦。」

「里程數都累積到教人不敢相信的程度呢。」

我們回想起那三年的時光，不禁一笑。

今天的目的地是——紐約。我們為了與某位人物見面，另外也為了出席**某場會議**，時隔一年又踏上了令人眼花撩亂的世界之旅。

「不過妳的傷真的沒問題嗎？」

我再次向希耶絲塔確認她的身體狀況。她明明傷勢比我還嚴重，卻在好不容易可以自己走路之後就馬上結束住院生活，像這樣搭上了飛機。

「嗯，畢竟我想趕一下時間。」

「是啊，夏凪的事情也好，妳說的那場會議也罷。」

我接著針對這次的旅行目的之一向她詢問：

「然後呢？到頭來那個所謂的聯邦會議，具體來講是要開什麼會？」

——聯邦會議。那是希耶絲塔要求我同行的一場全世界的《調律者》們齊聚一堂的會議。據說每次都是隨機選擇地點隨時舉辦的那場會議，這次要在紐約展開。而身為《名偵探》名列《調律者》之一的希耶絲塔，似乎也有出席義務的樣子。

「簡單來說，就是當世界遇上重大的轉捩點時，十二名《調律者》就要聚集起來討論的感覺。」

希耶絲塔一邊咬著細長狀的巧克力點心一邊向我說明。她什麼時候買的？

「內容通常是決定要由誰負責對應新的《世界危機》，另外拿這次來講也兼作《原初之種》危機結束之後的事後相關報告吧。」

「原來如此，也就是《名偵探》的成果發表會嗎？」

看來在這次的聯邦會議中，某種意義上我們會成為主角的樣子……但是話說，在這種時代居然還要親自到現場面對面開會，感覺也未免太傳統了。

「你在緊張嗎？」

「這是興奮發抖啦。」

「原來真的在發抖呢。」

畢竟是在毫無準備之下，忽然叫我出席那種決定世界未來的重要會議啊，拜託妳也想想看我的心境吧。

「不過你認識的自己人也很多啦。像那個人。」

「哦哦，風靡小姐嗎？我才想說妳跟她是怎麼認識的，原來如此。」

四年前的劫機事件中——希耶絲塔當時把蝙蝠交給了風靡小姐逮捕處理。她們同樣身為從檯面下守護世界的人物，原來在我不曉得的地方互有聯絡。

「意思是說米亞也會來嗎？」

「很難講。至少她到現在一次都沒有出席過會議就是了。」

我想也是。那個家裡蹲的少女會出席這種嚴肅會議的模樣根本難以想像。這麼說來，以前風靡小姐也說她從來沒有見過《巫女》。

「是說，像米亞那樣不參加會議也沒關係嗎？」

既然是決定世界走向的會議，我覺得應該相當嚴格才對吧。

「畢竟除了我以外的《調律者》各個都是多少有些怪癖的人物，或者說具備協調性的人很少呀。」

「講得好像只有自己不是怪人一樣。」

我這麼一說，希耶絲塔卻裝沒聽到似地啜飲一口紅茶。別一副理所當然地把自己的紅茶杯帶到飛機上來好嗎？

「不過我們這次要見面的，可說是其中最難對付的人物喔。」

……對。我們之所以要前往紐約，或者說要參加聯邦會議，還有另一個理由。

「吸血鬼——史卡雷特。」

我小聲嘟囔後，希耶絲塔輕輕點頭。

「你也已經認識他了吧？」

「……雖然我不會很想主動跟他見面就是了。」

據說即使在《調律者》之中也屬於異端的存在——《吸血鬼》。我本身對於史卡雷特那種彷彿在掂量什麼似的銳利眼神總有一種深不可測的感覺，而且那傢伙還隱約暗示過他跟希耶絲塔之間似乎也有什麼恩怨的樣子……

「聽起來好像你有過什麼不愉快的經驗呢。是被他欺負了嗎？」

「……我只是莫名看他不順眼而已。現在重要的是，史卡雷特真的會知道讓夏凪醒來的手段嗎？」

沒錯。那個吸血鬼就是希耶絲塔說過為了讓夏凪睜開眼睛所必要的關鍵人物。我們就是因為對這點抱著期待，才會前往參加包含史卡雷特在內的《調律者》們會齊聚一堂的聯邦會議。

「只是『或許有那種可能性』的程度而已。不過別看他那樣，他好歹是一位**生死的專家**，所以關於所謂『人類的意識』也擁有自己一番獨到的見解呀。」

「……原來、如此？」

吸血鬼能夠讓死者只帶著生前最強烈的本能復活，因此對於人類的生死以及意識或靈魂之類的東西或許確實擁有一番見識吧……

「可是像吸血鬼這種奇幻世界的存在真的可靠嗎？」

「你這傢伙，是笨蛋嗎？」

「太不講理了。」

這段對話也好久沒聽到啦。

「就算說是吸血鬼，也並非像傳說中那種幻想出來的存在，更不是從什麼地方自然冒出來的東西。」

希耶絲塔又啜飲著紅茶說道。

「凡事會發生都有其理由，有其原因。對那些根源視而不見，盡用『怎麼可能』或『只是巧合』之類一時方便的話語打發掉，是很不可取的行為。」

她說著這番我好像曾經在哪裡聽過的話，而她的側臉看起來也神似那位我此刻最想見到的某人。

「說到底，他們那些吸血鬼的來源是……」

希耶絲塔接著準備進一步說明關於吸血鬼的事情，但是……

「啊，話說你有看過今天的占卜嗎？金牛座的運氣最差喔。」

「妳話題也轉得太硬了吧。」

而且別順便告訴我多餘的情報啊。這不是會害我今天一整天莫名憂鬱嗎？

「拜託妳不要毫無意義就對我隱瞞重要的情報。從一開始就把各種事情都給我說明清楚行不行？」

「因為看你什麼也不曉得而慌張失措的模樣很有趣嘛。」

「理由也糟透了。」

◆兩名偵探，十二種正義

後來結束約十二個小時的空中之旅，我和希耶絲塔平安抵達了紐約。到飯店才剛放下行李，便馬不停蹄地出發前往聯邦會議的舉行地點了。

「居然還有專車接送，真是VIP待遇。」

在一輛黑色轎車後座，我對坐在旁邊的希耶絲塔如此說道。當我們從飯店出來的時候，這輛車就在門口等待我們了。從希耶絲塔毫不猶豫就上車的態度看起來，這車子應該會直接把我們送到目的地吧。

「即便現在是VIP待遇，也不保證幾小時候我們還能夠活著喔。」

希耶絲塔忽然講出這樣恐怖的發言。

「不是說《名偵探》是這次會議的主角嗎？」

「畢竟在《原初之種》的討伐行動上，比當初的預定多花了不少時間……而且跟《巫女》原本提示的未來也出現了差異呀。」

「……原來如此。我們大幅改變了本來應該走的路線，所以會有被追究責任的可能性，是嗎？」

原本《聖典》上記載關於《原初之種（席德）》的未來，是希耶絲塔會敗給海拉，然後海拉最終成為席德的容器。而希耶絲塔為了阻止那樣的結局，將體質上容易被事件牽扯的我任命為助手，也的確藉此逐漸改變了未來。

像這樣改變之後的路線，就是藉由希耶絲塔和海拉同歸於盡導致席德失去容器候補，最後只剩海拉的主要人格夏凪存活下來的結局。也就是我們一年前經歷的那段過去。

本來希耶絲塔的企圖是讓這樣存活下來的我、夏凪、齋川與夏露合作打倒席德。然而我對於這個結局又再度拒絕接受，發誓要讓希耶絲塔復活。結果到現在——夏凪犧牲自我讓希耶絲塔得以重生，最終好不容易才將《原初之種》封印了。

……這樣思考起來，我們做的事情真的是很亂來。也怪不得立場上身為《調律者》的風靡小姐會發飆，然後同樣是《調律者》的米亞會哭泣了。我為了實現自己的願望，不但搗亂了世界安定，又扭曲了未來。最終結果讓夏凪——

「你還是老樣子，這麼好懂呢。」

希耶絲塔輕輕嘆了一口氣。

「——別擔心，渚肯定會醒來的。」

然而她接著又對我露出柔和的微笑。

「或許渚現在是以為自己已經完成了所有的使命，所以進入長眠。但你也應該知道那種事情是不對的吧？夏凪渚才不是什麼代理偵探。她不是任何人的代替品，而是你獨一無二的搭檔呀。」

希耶絲塔彷彿為了用有形的方式傳達話語中的意念，將我的手緊緊握住，稍過一段時間後才又放手。

「……嗯，說得也是。」

夏凪渚曾經喪失記憶，遺忘該怎麼活，為了什麼存在都不是的自己感到苦惱。然而她現在接納所有的過去，理解人生的走法，好不容易才明白了自己究竟是什麼人。

可是她竟然又馬上長眠不醒。那種事情就算夏凪自己可以接受，我也不會原諒她。算上我和海拉的兩人份，也要加倍殺她一番。

「但有一點我要跟妳訂正。」

我注視著疑惑歪頭的希耶絲塔，但又重新把頭轉向正面說道：

「希耶絲塔，妳同樣也是我的搭檔。」

她剛才說，夏凪渚是對我來說獨一無二的搭檔。

可是在我眼中，希耶絲塔也是一樣。

「——這樣呀。」

結果希耶絲塔同樣把臉轉向前方，別開著視線如此回應。

「快要到囉，助手。」

她沒有再多講什麼。然而只要她用那樣的稱謂稱呼我，就代表我們之間的關係自然不用說，依舊不變。

接著沒多久後，大概是因為抵達了目的地，車子緩緩停止下來。後車門隨之打開，於是希耶絲塔下車後我也跟著走出車外。

「這裡就是……」

隔著一片遼闊的庭園可以看到深處有一棟宏偉的宮殿。這裡就是聯邦會議的舉辦會場了。

「在這麼醒目的地方開祕密會議沒問題嗎？」

「放心，一般民眾不會注意到這棟建築物的。」

希耶絲塔說著，毫不猶豫地邁步走向宮殿。

「難不成有展開什麼結界……？」

我也跟在希耶絲塔後面三步距離，踏入宮殿寬敞的玄關。

「《調律者》全部有十二個人……目前我知道的有一半是吧。」

接著走在一段長長的樓梯上時，我扳指算著目前自己所知的《調律者》。《名偵探》希耶絲塔、《暗殺者》加瀨風靡、《吸血鬼》史卡雷特、《巫女》米亞·惠特洛克，還有之前才見過面的《發明家》史蒂芬·布魯菲爾德，以及我只聽過存在的——據說因為盜走米亞的《聖典》之罪，現在不知被軟禁在哪裡地底深處的《怪盜》。

「另外也有和你扯上過關係的《調律者》喔。」

結果希耶絲塔忽然轉頭講出這種話。

「什麼意思？該不會說齋川其實是職稱叫《偶像》的《調律者》吧？」

「講到認識的人你就只想得到唯，可見你的交友圈多狹窄。」

吵死了。還有夏露啦。

「唉呀，應該說是你在不知情中有扯上關係吧。」

等一下馬上就會見到面了——希耶絲塔說著，不再對我做更多的說明。

「現在比較重要的是，我先告訴你其他幾個需要小心注意的成員好了。」

「好，至少讓我先做好心理準備。」

我過去在三年的旅途中可是經歷過各種對心臟很不好的意外驚嚇，因此非常歡迎她這樣的提議。

「嗯，當中尤其危險的存在，就是《魔術師》和《執行人》吧。」

爬完樓梯後，希耶絲塔一邊走在鋪有紅地毯的走廊上，一邊繼續說道。

「《魔術師》是個沒事不會離開森林、像個魔女一樣的老婆婆……據說曾經使用某種祕術毀滅了一個村子。但卻由於那樣的力量讓她被看上，於是任命為《調律者》。」

「以前犯過罪的人也可以成為正義使者嗎？」

恐怕是判斷那個所謂的祕術，在守護世界的行動中可以派得上用場吧。

「這是很複雜的問題……不過同樣就犯罪的觀點上來說的話，《執行人》毫無疑問是《調律者》之中殺過最多人的人物。」

「怎麼聽起來感覺又更危險了。《調律者》應該是守護世界的一方吧？」

拿風靡小姐或史卡雷特的例子來講也是一樣，他們似乎是一群並不能單純斷定為正義使者的集團。

「那要看你怎麼解讀正義囉。像《執行人》被分配到的工作，是**將檯面上的世界無法制裁的犯罪者予以處刑**。」

「……也就是所謂的必要之惡嗎？」

這世界上的確存在有光靠法律無法完全排解的案件。所以在檯面下做**事後處理**的人就是暗黑英雄《執行人》——

「嗯，然後他只扛著一把大鐮刀，就斬盡了各種躲在黑影中的罪犯。若光論純粹的戰鬥實力，他恐怕甚至不輸給《暗殺者》或《吸血鬼》喔。」

「《魔術師》和《執行人》是吧。但願不要被捲入沒必要的麻……啊！」

好險，再講下去就豎起旗子了。

就在我趕緊摀住自己嘴巴的時候，我們來到一扇特別巨大的門前。

「助手，聽好囉。」

希耶絲塔對我瞥了一眼。

「接下來你不要以為至今為止的常識可以通用。」

嗯，那種事情光是從剛才這段話以及回想過去我見過的《調律者》們就可以知道了。

我們互相點頭後，希耶絲塔用雙手打開門——結果在門後的大房間中映入我眼簾的景象是……

「總之莉露想說的是，為什麼只有《名偵探》可以那麼任性都沒事呀。」

「啥？那簡單來說就是妳很羨慕《名偵探》，所以吵著說自己也想要任性地為所欲為是吧？」

一名少女手握著黑色的手杖跳到長桌子上……與深坐在椅子上抽著菸的紅髮女

刑警——加瀨風靡互相瞪著對方。

桌子上的少女以《魔術師》來講遠比我剛才聽說的還要年輕，但手中握的武器又跟《執行人》的大鐮刀不一樣。那麼這位形容得再客氣也稱不上安全的少女究竟是——

「那女孩到底是誰呢？」

希耶絲塔疑惑地歪了一下頭。

居然連妳也不曉得啊？

那也就是說她果然不是《魔術師》也並非《執行人》的意思嗎？

「——這裡是神聖的會場。把武器放下。」

就在這時，我的身體忽然感受到一股彷彿連內臟都會顫抖的寒氣。簡直就像有誰的手直接伸進胃的深處攪拌一樣。

我、希耶絲塔以及在爭執的那兩人都把視線轉向聲音的來源。在房間深處有一名壯年男子坐在首席座位上，連眼皮都不眨一下地說道：

「今天的主角登場了。讓我們開始會議吧。」

桌上的少女聽到他這麼說，便在最後又瞪了風靡小姐一眼，才總算回到自己的椅子上。

「助手，要上囉。」

如果除掉我們不算，坐在長桌子邊的正義使者們全部共六人。決定世界未來的會議，即將開始了。

◆世界是如此運作

「《名偵探》希耶絲塔，不好意思來遲了。」

希耶絲塔如此致歉，並對著坐在長桌子邊的與會成員們鞠躬低頭。

「你也是。」

在她催促下，我也跟著低頭。話說原來我們根本就遲到了啊。

我們接著在最靠近的椅子上並肩坐下。

坐在桌邊的《調律者》之中，有我認識的人物，當然也有我完全沒見過的人。很可惜的是，並沒有看到我們想找的吸血鬼。

「初次見面——名偵探。」

剛才那位拿手杖的少女用客氣的口吻如此說道……但是她的聲調與眼神中都明顯帶著敵意，瞪向坐在自己對面的希耶絲塔。她身上的裝扮華麗得有如什麼動畫人物，然而表情卻又凶又冰冷。

「好幾度跳脫《聯邦憲章》的規定，卻總是被視為特例獲得原諒，最後甚至還從死後的世界跑回來……妳到底要被這個世界寵愛到什麼程度才甘心？」

真希望妳把那份幸運也分一點給莉露呢。

如此自稱為「莉露」的少女再次把右手中的手杖舉向毫無防備的希耶絲塔。我完全跟不上她那動作的速度，不禁全身僵住。

「妳住手。」

不過此刻在場的盡是挺身守護世界的強者們。即便身為一般人的我來不及對應，像那位紅髮的《暗殺者》就已經拔槍瞄準少女了。

「妳不是才剛被警告過要把武器放下來了嗎——莉洛蒂德。」

「違反聯邦憲章的人按照慣例要判死刑不是嗎？有什麼問題？」

「假設就算是那樣，莉洛蒂德，也不是由妳來動手。」

風靡小姐與她稱呼為莉洛蒂德的少女再度對峙起來。

「——風靡，妳也是一樣。」

結果那位坐在主席座位的西裝男子忽然開口告誡風靡小姐，叫她也把槍收起來。看來在場的人物中，那位男子擁有特別強的發言權。風靡小姐與莉洛蒂德都態度不太甘願地聽從他的指示，收起自己的武器。

話說這位男子，我好像在哪裡見過。梳成西裝頭的褐色頭髮，配上一雙深綠色的眼睛。穿著一身高級西裝的模樣有如什麼政治家……

「……對了，你是佛列茲・史都華。」

聽到我這麼說，男子立刻卸除原本冰冷的面具，用**表象的臉**對我露出微笑。

「請容我重新自我介紹。初次見面，敝人是紐約市的市長——佛列茲。」

啊啊，那張臉果然跟我在電視上看到的一模一樣。

佛列茲・史都華——他是以前我和希耶絲塔曾經在這個國家生活的時候就開始嶄露頭角的政治人物。溫和敦厚的個性與腳踏實地的表現深受選民支持，至今依然以紐約市長的身分活躍於表面世界的舞臺上。

「沒想到像你這樣的人物也混在《調律者》之中啊。」

「是的，我在這邊的世界是擔任《革命家》的角色。」

革命家……也就是他身為《調律者》的職稱嗎？

「雖然我沒辦法詳細說明具體的內容，不過《革命家》被賦予的使命是**從檯面下稍微傾斜這個世界**。無論什麼時代，所謂的『政治』其實都是意外地成立在有如小孩子玩耍的蹺蹺板一樣的起伏均衡之上。」

為了和平，時而保持世界的平衡，時而又破壞那份均衡。雖然不是什麼傾國傾城的美女，不過《革命家》佛列茲・史都華的影響範圍肯定不單純只是一座都市而已，想必也在檯面下干涉著全世界的政治甚至經濟吧。所謂的世界危機可不是單指什麼外星人或異世界人來襲，站在頂端指揮國家的人物也是有可能在轉眼間毀滅世界的。

「佛列茲，你就是《調律者》的首領嗎？」

我根據他至今為止的言行表現如此判斷並開口確認。

「不不不，我頂多只是在這次的會議中負責當**主持人**而已。」

結果佛列茲卻向對於這個會議一知半解的我這麼說明。

「不過，原來如此。也就是說你連我們《調律者》是直屬於密佐耶夫聯邦底下的組織都不曉得囉？」

「……是啊。畢竟我的工作夥伴是個我不問她就不回答，就算我問了也不一定會說明的人嘛。」

我向旁邊的座位瞥了一眼，但也許該說不出所料吧，希耶絲塔依然表現得一副事不關己的樣子，而且還不知什麼時候拿出茶具組自己一個人優雅地喝起紅茶來。

「但我多多少少也有猜想到了。假如《調律者》是在什麼國家的主導下運作的組織，那個國家若不是美國、俄羅斯或中國……其他也沒多少選項嘛。」

世界上現存的六個大陸分別是歐亞大陸、非洲大陸、北美大陸、南美大陸、澳大利亞大陸與密佐耶夫大陸。從前各大陸間為了《虛空曆錄（Akashic records）》爆發第三次世界大戰卻沒有對各國造成太嚴重的戰禍，據說最終要歸功於密佐耶夫聯邦的《無死支配》所帶來的成果。

「話雖如此，不過我們《調律者》還是在除了密佐耶夫之外，也有其他國家重要人物加入其中的《聯邦政府》任命下活動。然後現今是由其中的《革命家》在會議上扮演主持人的角色。」

佛列茲針對我一開始提出的問題如此總結回答。畢竟他身為政治家在表面世界的工作上大概已經很習慣這種事情了，因此我覺得他擔任會議主持人可說是相當適合。

「不過這意思是說，你也是第一次參加這個《聯邦會議》。」

佛列茲重新把視線放到我身上如此說道。

「在場的每個人當然都知道關於你的事情，但反過來講就不一定了。那麼在進入正題之前，先為你介紹一下這裡的成員們吧。」

……他竟然若無其事就講出了很恐怖的事情。為什麼像我這種無名小卒會被所有《調律者》都知道？為什麼大家都要那樣注視著我？

「為了我這個局外人花那時間沒關係嗎？」

「反而應該說你和《名偵探》是今天的主角啊。」

對於我的疑問，佛列茲又「更何況……」地接著說道：

「只要有事先獲得許可，每個《調律者》都可以讓一名自身的代理人或輔佐出席聯邦會議的。就像那位女士。」

他說著，把視線望向我斜對面的座位。

「這麼說來，我跟妳的立場很類似呢，奧莉薇亞。」

巫女的使者——奧莉薇亞。看來她今天不是空中服務員，而是身為《調律者》的輔佐人員，代理主人出席會議的樣子。

「是的。不過順道一提，巫女大人也在這裡。」

奧莉薇亞打開她的筆記型電腦，將螢幕轉向我——結果……

「……妳在搞什麼？」

我差點把米亞的名字喊出來，但顧慮到她的隱私權又趕緊住口。在畫面中有一位身著巫女服裝，很明顯就是米亞·惠特洛克的少女，臉上還戴著狐狸面具。

『因為我聽說可以透過線上參加會議嘛。』

畢竟都這個時代了不是嗎？——畫面中的米亞如此主張自己的正當性。真沒想到讓家裡蹲走在時代最前端的這一天居然會到來啊。

『——不過這東西應該不需要了。』

就在這時，米亞自己摘下了臉上的面具。結果不只是奧莉薇亞，連在場的其他《調律者》們也或多或少露出驚訝的表情盯向畫面。

米亞明明從來都不讓別人知道她包含長相與名字在內的一切資料。但如今究竟是心境上產生了什麼樣的變化，她若不說也沒有人會知道。唯一可以確定的是，現在她的眼眸中流露出決心參與這個世界的意志。

「原來如此，或許該佩服你竟然也認識《巫女》吧。」

佛列茲莫名深感興趣地注視著我，然後又說道「那麼關於他的事情你也知道嗎？」並移動視線。途中掃過《名偵探》希耶絲塔與《暗殺者》加瀨風靡……最後望向坐在角落的一名身著深色西裝的男子。

「……………………」

然而明明在室內還戴著墨鏡的那名男子卻不為所動，依然保持端正的姿勢坐在椅子上。那模樣看起來甚至有如什麼精巧的機器人，絲毫沒有變化的嘴巴不發出任何話語。

我並不認識這位男子。但是**這些男人們**的存在恐怕在我人生中出現過很多次。

「是《黑衣人》。」

佛列茲不是說出名字，而是用職稱介紹那名男子。

「他們是以名叫《黑衣人》的一個組織被任命為《調律者》，配置在世界各處負責類似便利屋的工作。」

「……嗯，我也有印象。」

例如四年前，我就是被他們強迫走私滑膛槍，結果在一萬公尺的高空邂逅了希耶絲塔。後來他們也經常在希耶絲塔的指示下幫忙我們的工作，而且一度與希耶絲塔死別之後，我個人也有拜託過他們事情。

「沒錯。簡單來講，《黑衣人》是當一幅巨大拼圖即將完成卻發現有遺失時的代替零件，讓生鏽不動的齒輪再度運轉的潤滑油，為了使故事成立而出現在登場人物面前的巧合主義。他們就是這樣的存在。」

在充滿矛盾的這個世界上，人們之所以不會感到不協調，舉例來講恐怕就是要歸功於從黑暗中擊發出來、眼睛看不見、腦中也不會留下記憶的某一發子彈吧。

「那麼，接著應該輪到我了。」

從剛才就保持沉默的另一名人物這時終於發出聲音。那位坐在主席座的佛列茲斜前方、頭戴高帽、留著白鬍鬚的老人揚起嘴角。

「我名叫布魯諾，負責的工作是《情報屋》，提供大家各種有用的情報。」

自稱布魯諾的這位老人臉上，露出令人覺得假如世界上真的有聖誕老人、應該就會這樣笑的柔和微笑。

「我和《名偵探》小姐應該算是很久沒見了吧。」

「是的，很高興能見到你，布魯諾先生。」

希耶絲塔用教人意外的恭敬態度對布魯諾低頭致意。看來他們兩人是故知舊識的樣子。

「其實你也有在不知不覺間受到他的關照喔。」

坐在旁邊的希耶絲塔湊到我耳邊這麼小聲告訴我。

「妳是說那三年間？」

「嗯，我們從前經歷過的事件中，有三成都是如果沒有他提供的知識或情報恐怕就不能解決的呢。」

原來如此。希耶絲塔在出席會議之前說過，在我不知情中跟我扯上關係的《調律者》，大概就是指《黑衣人》和《情報屋》吧。

「順便問一下，《調律者》沒有所謂的退休年齡嗎？」

我忽然想到這個疑問，於是小聲對希耶絲塔咬耳朵。

「沒有。話說你意外地會把這種失禮的話講得那麼自然呀。」

……真難得會被希耶絲塔用這麼正當的道理責備。畢竟她平常罵我的理由都很不講理。

「哈哈哈。」

結果布魯諾出乎預料地開心笑起來，看來我的失言被他清楚聽到了。

「不，我不會在意的。會那麼說想必是因為關心我的身體吧。」

他這麼說著，柔和地瞇起眼睛……但相對地，那位光靠視線或許就能殺人的人物朝我瞪了過來。

「臭小鬼，給我聽好。」

跟風靡小姐的年紀比起來，我確實是小鬼沒錯啦——這句話差點脫口而出，不過我還是忍住了。

「這位人物可是經歷過你十倍以上的人生，為大家善盡身為《情報屋》的職責。對於這點你絕不可忘記，要心存敬意。」

……我年齡的十倍？那表示布魯諾已經……不，他外觀上看起來頂多只有七十幾歲左右啊。

「那是多虧某種有點特殊的藥物。雖不至於到不老不死的程度，但我的身體變得比各位稍微長壽了一點。」

布魯諾捻著下巴的鬍鬚，對我這麼表示。

「不過我其實也只是因為活得稍微久一點，所以多多少少知道一些事物罷了。我倒是比較尊敬隨時都站在最前線面對《世界危機》的《暗殺者》和《名偵探》喔。」

他如此說著，對風靡小姐與希耶絲塔投以柔和的視線。

「那麼差不多該換下一位了。」

在佛列茲的提議下開始的這場介紹會，終於輪到了第七位《調律者》。最後這位人物，正是我們剛才走進房間之前就在跟風靡小姐爭執的問題少女——

「總算可以跟你講到話了呢。」

那位少女——莉洛蒂德從原本一直板著臉的表情忽然變得一副得意洋洋，露出潔白的虎牙後，用手撥開她橙色的秀髮對我說道：

「君塚君彥，你——有沒有意願成為這個《魔法少女》莉洛蒂德大人的使魔（寵物）呀？」

我就說，為什麼出現在我周圍的少女盡是這種麻煩的類型啦？

◆正義的天平

就這樣，與會人員的介紹到此告一段落，讓我知道了今天出席的這七名《調律者》各自的職稱。《革命家》佛列茲・史都華、《情報屋》布魯諾、《黑衣人》？？？、《名偵探》希耶絲塔、《暗殺者》加瀨風靡、《巫女》米亞・惠特洛克以及——

「等等，為什麼只有莉露的部分馬馬虎虎就被帶過了？」

有著一頭鮮豔橙色秀髮的少女還是老樣子用「莉露」這個暱稱稱呼自己，並且「砰！」一聲用力拍打桌面站起身子。結果造成的衝擊讓她那把黑色手杖都倒在地板上。

「莉露再說一次。君塚君彥，你來當莉露的使魔。」

這位少女就是在場的第七位《調律者》——《魔法少女》莉洛蒂德。年紀大約和我跟希耶絲塔差不多，但身上穿的服裝卻真的有如動畫作品中會登場的魔法少女，和她剛才短短一瞬間露出的可愛表情非常相襯。

然而，在言行舉止上，她從一開始到現在都完全不可愛。也就是說，她所謂的「使魔」應該也只是配合魔法少女角色的表現方式而已，簡單來講就是要我當她的跑腿小弟吧。

「……聽起來對我而言，一丁點好處都沒有啊？」

「才沒那種事。想想看，你當名偵探的助手也差不多覺得膩了吧？那樣還不如到可愛的魔法少女身邊來當小狗，絕對會比較有趣呢。」

「妳根本明講要把我當狗了嘛……是說，為什麼一定要找我啦？」

不需要翻找什麼過去的記憶就能確定，我和這名少女絕對是初次見面。但她為什麼會想要把我當狗……不對，應該說把我當成類似她助手的角色？

「那種事情還用說嗎？君塚君彥，因為你是這個世界的——」

「——很抱歉，助手並不會成為妳的東西。」

就在這時，希耶絲塔插入我們的對話。雖然會議開始之前莉洛蒂德就單方面向希耶絲塔找碴了，不過希耶絲塔難道如今才打算跟她對峙嗎？她們即使手中都沒有拿武器，卻隔著桌子展開冷戰。

「怎麼？妳這是在展現自己的占有欲嗎？愛嫉妒的女人可是會被討厭喔。」

「我不是在跟妳講那種無聊的感情。這是契約上的問題。」

「契約？正常來講只要過了三年四年，契約那種東西都要換約啦。」

「很可惜，助手和我締結的是終身雇用契約，所以他才沒有時間當妳的什麼搭檔。」

……怎麼好像在我自己都不曉得的時候，居然跟希耶絲塔締結了莫名其妙的契約？

「終身雇用」的意思是我這輩子到死都要跟希耶絲塔在一起嗎？這種充滿不講理的每一天今後還會繼續下去嗎？…………我拒絕。對，完全沒有猶豫的必要啊。

「妳打算像那樣只有自己**耍詐**嗎？」

結果莉洛蒂德又再度向希耶絲塔如此找碴。

「只要莉露也可以利用《特異點》，就能更有效率地把工作……」

「不，莉洛蒂德一直都把身為《魔術師》的任務做得很好。」

這時，佛列茲就像為了打圓場似地如此稱讚莉洛蒂德。

「……我就說我不是《魔術師》而是《魔法少女》了呀。當初不是就講過如果要人家**好心**來當《調律者》，交換條件是要把職稱改掉嗎？」

但莉洛蒂德還是很不滿地托著腮，瞪向佛列茲。

看來這個叫莉洛蒂德的少女是替代剛才希耶絲塔來這裡之前提到的《魔術師》老婆婆，成為了新任的《調律者》。但《調律者》似乎沒有所謂的退休年齡，那麼前一代的《魔術師》究竟是因為什麼理由退休的？從剛才我心中的疑問就不斷增加，然而包括一臉輕鬆坐在旁邊的這位名偵探在內，沒有一個人要告訴我答案。

「——好了。閒話就到此為止吧。」

聯邦會議的主持人佛列茲・史都華彷彿會壓在胃底的低沉聲音傳遍會議室。看來總算要進入正題了。我聽說這次會議的目的之一，是對於《原初之種》的討伐行動舉辦報告會，但不知究竟會如何發展。

「雖然有些遲了，不過且讓我在此讚揚。**白日夢**，多虧妳的努力，讓《原初之種》帶來的危機結束了。」

佛列茲面朝著希耶絲塔，稱讚她身為名偵探的工作成果。

「包含遍布世界各地的協力者在內，祕密組織《ＳＰＥＳ》想必很快就會步上毀滅之途。另外，關於他們非法占據的那座孤島，現在已經決定將成為密佐耶夫聯邦的領土。《原初之種》相關的各種危機如今可說是全部獲得解決。辛苦妳了。」

室內接著響起幾個人的拍手聲。畫面中的米亞、奧莉薇亞、佛列茲以及布魯諾都鼓掌慰勞完成一場重大使命的希耶絲塔。

「我……」

然而希耶絲塔本人的表情卻一點也不開朗。

她在六年前遭遇《原初之種》，然後在四年前與我一同踏上打擊《SPES》之旅。算算看一路至今喪失的東西，她絕不可能在這個場合露出笑臉的。至少她不是在這種時候會笑的女孩。

「說到底，她的工作成果根本不值得稱讚褒獎吧？」

這時，那位自稱《魔法少女》的人物依舊托著腮，用冰冷的視線看向希耶絲塔。

「而且在場的其他幾名《調律者》也都違反了規定。」

她接著對希耶絲塔以外的人也開始找碴起來。

莉洛蒂德指的究竟是誰，我很快就猜到了。

「佛列茲，你應該也都知道吧？關於《暗殺者》和《巫女》的越權行為。」

……不出我所料。那兩人的確在應該是由希耶絲塔負責的《原初之種》討伐任務中出手協助過。

米亞讓希耶絲塔閱讀了本來禁止《巫女》以外的人物閱覽的《聖典》，風靡小姐則是在希耶絲塔喪命之後協助過繼續對抗《SPES》的我和夏露。因此莉洛蒂德將她們這些行為是否違反聯邦憲章的議題搬上了會議桌。

『……！學姊沒有錯！』

從電腦畫面中傳來少女的聲音。

『那件事情是出自我本人的意思，所以學姊她……』

「啥？那又如何？妳那樣講完全不構成任何反駁喔？」

『……奧莉薇亞，這個通話影像要怎麼關掉？』

不習慣吵架……或者應該說根本不習慣與人交談的米亞當場輸給莉洛蒂德的施壓，在畫面另一頭退縮投降了。真是可憐（可愛）。

「關於這點，請容我說明一下。」

就在這時，《情報屋》布魯諾舉起戴著手套的右手。

「其實在這件事情上，以前《暗殺者》向我提議過。聯邦憲章的內容中的確有記載，一項《世界危機》由一名《調律者》負責對應。」

不過——布魯諾用拐杖敲了一下地板。

「《暗殺者》的意思是，若僅限於自己本身的任務上**尚有餘力**的時候，去協助

其他的《調律者》應該也沒問題吧？實際上像我的狀況雖然這本來就是我分內的工作，但畢竟從平常就在幫忙各位《調律者》，所以非常能夠理解她的主張。」

聽到布魯諾這段發言，大家的視線都集中到風靡小姐身上。

原來風靡小姐知道自己的行為遲早會被視為問題，所以事先就去找年紀最大而且基於工作內容應該會表示理解的《情報屋》商量過這件事情。

「遇到有困難的人就要提供協助，身為一名警察是理所當然的行為。」

即使在眾人注目下，風靡小姐依然不改從容的態度如此開了個小玩笑。甚至……

「雖然說，光是處理自己的任務就忙不過來，連為他人著想的餘力都沒有的小鬼頭或許很難理解這個道理就是了。」

她接著還如此明顯暗諷某個人，用鼻子笑了一聲。

「妳那是在講莉露嗎？」

「怎麼？原來妳有自覺呀？」

「啥？」

「啊？」

……風靡小姐，妳跟人相處的能力太差了吧？

「原來如此。狀況我明白了。」

佛列茲這時面不改色地暫時接受了風靡小姐與布魯諾的主張。

「的確，關於這次的《原初之種》是近年罕見的巨大威脅。因此多多少少的例外行為應該也可以被允許吧。」

「啥！你只是會議的主持人而已，沒有權限決定那種事情呀。」

然而莉洛蒂德似乎難以接受那項決定，如此反抗佛列茲。

「沒錯。如果要正式變更規定，需要由聯邦政府最終判斷。」

但是——佛列茲的語氣再度變化。

「我的立場必須最優先考慮讓這場會議能夠順利進行下去，因此做出了這樣的裁定。關於這點有什麼異議嗎？」

寒冷徹骨的聲音讓人甚至有種心臟作痛的錯覺。就連剛才態度還那麼傲慢的莉洛蒂德也霎時表現出畏怯的模樣，最終放棄反駁。

「那麼，事情看來就這麼決定了。」

在一片緊繃的氣氛中，布魯諾彷彿是故意不看場合似地用年老乾枯的聲音打破現場的寂靜。

「新的時代需要有新的規矩和價值觀。我所敬佩的，就是不畏懼那些變化的年輕人們……不，也許只是我這個老骨頭拚命想要跟上新時代罷了。」

他如此說著，用指尖輕撫手中的拐杖。

「感謝您的好意。」

風靡小姐對《情報屋》低頭致意。

看來她跟希耶絲塔一樣，是由衷對布魯諾懷抱敬意的樣子。

「哈哈哈，畢竟是可愛的姑娘相託嘛。」

「……感謝您的好意。」

稍微停頓一段時間後，風靡小姐才說出了和剛才完全一樣的回應。她那樣難得不知所措的反應讓我忍不住笑出……好險，在千鈞一髮之際憋住了。

「那麼，**讓我們進入正題吧**。」

——就在這時，佛列茲冰冷的視線看向我。

啊啊，原來如此。我這才總算察覺，這次會議的目的並非單純針對《原初之種》的討伐行動做報告會而已。換言之……

「關於《聖典》中記載的未來產生了變化的事情，你有何見解？」

這其實是對於我顛覆了米亞預言的未來，摸索出全新X路線的這項行為的譴責彈劾會議。

「我們聽說原本的未來應當是白日夢死後，透過新上任的《名偵探》讓《原初之種》枯死才對。然而你顛覆、扭曲了那樣的未來——最終結果雖然使白日夢得以復活，卻也讓本來是新任《名偵探》候補的夏凪渚死亡了。」

不，應該說她現在是昏睡狀態吧——佛列茲說著，挑起一邊的眉毛看向我。

「這樣的結果真的是你……不，是白日夢所期盼的結局嗎？」

他只針對我如此詢問。不對，是質問。以夏凪渚喪命為代價，讓自己死而復生了——我真的認為希耶絲塔會期望這樣的結果嗎？對於這個問題，我無法回答。因為答案根本再清楚不過了。

「《特異點（Singularity）》。」

佛列茲望著我如此說道。其他《調律者》們也全都把視線集中到我身上。

「每逢時代有重大變動之際便會出現的那個**存在**，甚至能夠顛覆《巫女》所見的未來，將世界的既定形式轉換的異常因子——」

那就是你——佛列茲對我這麼告知。

特異點——以前史卡雷特也提過這個詞，而且印象中米亞好像也曾注視著我說出類似的發言。

改變未來的存在，變動世界的特異點（異常因子）——那就是我，君塚君彥嗎？別開玩笑了，怎麼可能會有那種蠢事？即使我在內心這麼一笑置之，至今我人生中的各種伏筆還是閃過腦海。

舉例來講，像這個總是令我苦惱、害我容易被捲入麻煩事件的體質，會不會其實是由於身為《特異點》的緣故，所以才讓我周圍經常發生出乎預料的狀況？這麼說來，海拉以前好像也講過我的體質本來其實是能夠改變事物、引發事件的力量，說我才是這個世界的中心。而且更重要的是，以前某一位名偵探因為需要那樣的存在，因為想要改變災難將近的未來，所以把我帶到了距離地表一萬公尺的高空。

假設這些全都因為我是所謂的《特異點》，是不是就能解釋得通了？所以我的周圍才會老是發生事件，讓名偵探與世界之敵都聚集過來，最後顛覆了巫女見到的未來。甚至能夠讓「死者復活」這樣的禁忌都得以實現的真正理由是——

「讓我詢問《特異點》，你今後要如何干涉這個世界？」

佛列茲再次對我提問。

「這次一方面由於有其他《調律者》的協助，確實一如你的計畫讓白日夢復活了。另外，在排除《原初之種》的行動上也**偶然**成功，然而不保證每次都會如此順利。我並不認為結果就代表一切。」

佛列茲．史都華看著沉默不語的我，將手肘放到桌面上交合手指。至於風靡小姐和米亞也都跟我一樣無法開口反駁。她們肯定都很明白，自己做過的事情就算不到錯誤的程度，但也不是正確的行為。

然而比起其他任何人，我自己最清楚這點。即使讓風靡小姐生氣，惹米亞哭泣，我依然說服了她們、欺瞞了她們。因此現在不能推給別人，應該由我自己說出口才行。

「助手？」

希耶絲塔見到我突然起身，驚訝地注視著我。

過去的我總是只會仰賴偵探。在那三年間，我一直都在希耶絲塔身邊——認為只要有她在就能解決事件，就能實現願望，過於相信這樣的妄想。最終受到報應失去了希耶絲塔的我，依然對她念念不忘而渾渾噩噩地度過一年之後，又認識了新的偵探。

夏凪只要過夏凪自己的人生就好——我當初明明對她這麼說，到頭來卻又拜託她繼續扮演偵探的角色，不知不覺間變得徹底依賴她。無論之前的那三年也好，沉浸於溫吞安逸之中的那一年或是重新振作起來的這幾個月也罷，我一直都依賴著《偵探》的存在，在她們的幫助下活了過來——不過……

「差不多也該對調一下立場了。」

這肯定就是我今天來到這個會場的意義。

雖然總覺得雙腳好像從剛才就微微在發抖，但沒什麼好在意的。這想必只是因為用同樣的姿勢坐太久所以累了而已，或者是由於興奮高昂的情緒而顫抖罷了。

「佛列茲，總之你想表達的是，我們試圖讓希耶絲塔復活的行動有問題是嗎？」

我望向《革命家》以及出席這場會議的所有成員。在一群《調律者》圍繞之中，身為區區一般民眾的我光是開口發言都會顯得不自量力。在守護世界的英雄們視線聚集下，我究竟還能說什麼話？

「簡潔來講就是那個意思沒錯。」

佛列茲代表所有人如此回答，臉上的表情絲毫沒有變化。不是用他在表面世界身為政治家的那張臉，而是以控制著地下世界的《革命家》身分對我說道：

「根據正史，《名偵探》應該會為了拯救這個世界而犧牲性命。」

偵探應該要死才對——他代表著世界的守護者們如此判斷。

聽到這句話，我的內心意外地一片平靜。什麼《調律者》的規則，什麼《聖典》記載的劇本，什麼我是不是《特異點》，這些事情全都無關緊要。重要的只有一點。我該說的話早就決定下來了。

「這樣啊。希耶絲塔不應該復活——你們是認真這麼想嗎？既然如此，**你們最好現在立刻辭掉這份工作**。」

因為你們竟然連這麼簡單的道理都不明白。

這樣的傢伙們哪有資格守護世界？

「失去希耶絲塔，是對於全人類、全世界、全宇宙的損失啊。」

自從那天在距離地表一萬公尺的高空上認識偵探之後，我一直以來都被她們伸手相救。然而從今後起——要反過來。我究竟是不是所謂的什麼《特異點》，那種事情根本無所謂。對我來說世界如何都不重要。我唯一不能退讓妥協的是……

希耶絲塔也好，夏凪渚也好。

我不會讓偵探死去。

「…………」

室內陷入一片沉默，安靜得只聽得到我自己心臟的聲音。七名《調律者》中，有人瞪著我，有人露出深感興趣的微笑，也有人漠不關心地望著虛空。就這樣，如永恆般漫長的寂靜持續了幾十秒後……

「……以上，是小弟個人的見解啦。剩下就請各位大人們判斷了。」

「你這傢伙，是笨蛋嗎？」

我耐不住沉默而縮著身體坐回自己的位子上，結果希耶絲塔不出所料地對我翻起了白眼。接著深深嘆了一口氣之後……

「不過——謝謝你。」

她臉上露出好像有點傷腦筋的表情，然而閉起的雙脣卻浮現微笑。

「好啦，既然都讓助手努力到這程度了，我也必須講些什麼話才行。」

希耶絲塔說著，代替我從座位上站起來。

「當然，關於這次的事情我已經做好負起責任的準備了。」

她轉頭環顧房內的每一張臉，始終冷靜沉著地接著表示：

「自即刻起，我要辭去《調律者》的身分，並且正式指定夏凪渚為下一任的《名偵探》。」

◆偵探，慘敗

聯邦會議結束後，我和希耶絲塔為了稍微吃點輕量的晚餐，來到住宿飯店附近的一間自助餐廳。在裝潢時尚的店內，我們一邊吃著義大利麵與英式鬆餅，一邊繼續剛才會議的延長戰。

「是說，希耶絲塔，那到底是什麼意思？」

我對用叉子把義大利麵捲得很漂亮的希耶絲塔如此問道。

「妳說要辭掉《名偵探》是認真的嗎？」

大約一小時前，她在聯邦會議中宣告自己要退下《名偵探》的位子，並指定夏凪渚為繼任者。然而其他《調律者》們（除了米亞以外）聽到她這麼表示後，反應卻都很冷淡。

「哦哦，你在說那件事？我以為你要講《特異點》的事呢。」

希耶絲塔還是老樣子，一臉若無其事地用餐巾擦拭嘴角。

「關於那點要說我完全不在意也是騙人的……但現在有比它更優先的問題。」

「哦？我本來還猜想你會生氣抗議說『那麼重要的事情一開始就給我說明清楚』之類的。」

從這口氣聽起來，她果然也從以前就知道我是**那樣的存在**。但至少現在對我來說，那個情報所具備的意義相較上並沒有那麼重要。

「假設我真的是什麼對世界會形成某種影響的存在好了，**那種設定也不會對我的行動造成任何改變**。」

反正我本來就是背負著這個《容易被捲入麻煩的倒楣體質》活到現在，就算事到如今為它再附加上什麼別的意義，我的思考和生活方式也不會有任何變化。我要做的事情、想實現的願望，始終只有一個。

「……這樣呀。呵呵，你真的成長了呢。」

希耶絲塔自己一個人理解明白後，又再度吃起餐點。

「然後呢？我想問的是妳為什麼忽然說要辭掉《名偵探》的工作啊。」

雖然講得好像一副感動收場的樣子，但藉此把重要問題含糊帶過就是希耶絲塔的拿手把戲。

「我身為《名偵探》的使命終究是殲滅《SPES》。既然現在已經達成目標，我辭掉《名偵探》的工作應該也沒什麼好奇怪的吧？」

「……妳不是說自己與生俱來就是當偵探的體質嗎？」

我注視著手中的玻璃杯，這麼詢問希耶絲塔。

杯中水面映出我自己扭曲的表情。

「沒錯。所以說既然現在已經打倒仇敵，我就要恢復成**普通的《偵探》**了。僅此而已。」

希耶絲塔看著我，嘴角露出微笑。

「因此接下來是屬於你的故事。」

她的態度雖然柔和，卻絲毫不給人反駁的餘地。

「……這樣啊。」

不過，她說得對。就算希耶絲塔不再和世界之敵戰鬥，她依然會繼續挑戰潛藏於日常生活之中的謎團與邪惡。即便辭去了《名偵探》的工作，也不表示她就會從我身邊完全消——

「助手？」

我忽然注意到希耶絲塔正探頭望著我的臉。

「……不，沒事。」

明明才下定決心不再依賴偵探的，我竟然又準備以希耶絲塔會留在我身邊為前提繼續討論下去。這件事讓我不禁感到驚訝，於是咳了一聲。

「所以妳才指定夏凪為繼任者代替自己？」

「嗯，無論是我現在能夠像這樣活動身體，或者是打倒《原初之種（席德）》，全部都要歸功於渚。她來當《名偵探》肯定可以表現得比我還要好……不，渚才是真正適合當《名偵探》的人物。」

我完全輸給她了——希耶絲塔說著，把身體靠到椅背上。

那模樣感覺就像對當初在倫敦相遇的夏凪（愛莉西亞）事隔一年終於認輸了一樣。

「當然，這前提是渚現在依然願意當《名偵探》就是了。畢竟現在的她或許連席德之《種》的力量都已經喪失，恢復成一個普通的女孩子了。」

「……是啊。正因為如此，必須向夏凪本人問清楚才行。」

我們互相點頭，再次確認了今後的行動方針。就算希耶絲塔再怎麼希望讓夏凪繼承《名偵探》的職位，如果夏凪不睜開眼睛也永遠無法實現。

「說得對。雖然已經沒多少時間了，但我一定會讓渚清醒過來。」

在剛才的聯邦會議中其實也有決定，把希耶絲塔的辭意正式向**上級**報告的條件是夏凪渚必須出席會議才行。換言之，如果夏凪一直沒有醒來繼承希耶絲塔的意願，希耶絲塔就依然還是《名偵探》。

「不過，這次沒能見到史卡雷特啊。」

希耶絲塔原本想要透過那個吸血鬼獲得如何讓夏凪清醒的線索，但遺憾的是那傢伙直到最後都沒有在會議上露臉。

「也許時間還太早了吧。雖然在室內應該沒問題才對。」

沒錯，吸血鬼只會在夜晚現身。他討厭太陽的部分跟《原初之種》是一樣的。

「話說回來，到最後也只有七名《調律者》出席而已啊。」

剩下沒來參加的成員有《吸血鬼》與《發明家》，我還沒見過面的《怪盜》再加上兩個人……不，其中一個就是希耶絲塔提過的《執行人》吧。

「反而應該說有超過半數的人出席才稀奇呢。而且能見到新加入的《魔法少女》也很幸運。」

希耶絲塔用紅茶滋潤著嘴巴如此呢喃。她剛才明明被對方嗆成那樣，居然還可以這麼冷靜。

「她說過自己是《魔術師》的繼任者，但職位是那麼簡單就能替換的嗎？」

雖然說，這次的狀況或許應該說只是職稱變更了而已啦。

「這種事很常有呀。《調律者》的職位其實有十二個以上，會從中挑選適合那個時代的職稱。從前應該也有過《驅魔師（Exorcist）》或《劍豪》之類的吧。」

「職位替換得很快是吧。」

「畢竟跟《世界之敵》戰鬥就是這麼一回事。」

希耶絲塔的嘴角露出有點寂寞的表情。

其實我講的單純只是職位替換的事情而已，但她恐怕解讀成另一個意思——也就是《調律者》的殉職。那代表《調律者》就是像這樣定期替換的。

「像我認識的那個《執行人》好像也是在這一年中不見了。」

……原來如此，對方這次並非單純的不出席而已是嗎？意思是說已經有別人繼承《執行人》的位子，或者根本連同職位一起被替換掉了吧。

就像這樣，希耶絲塔在那三年間也明明知道自己遲早會面臨的未來，卻依然繼續與《世界之敵》奮戰。而我明明一直都陪在她身邊，卻都沒能察覺她那份覺悟。

「比起那種事，現在重要的是渚呀。」

或許該說還是老樣子吧，希耶絲塔就像看出我的心事般又把話題拉了回去。

「剛才也有稍微說過，我想渚的意識應該是進入了深沉的睡眠之中。」

她把指尖放到下顎，試著思考夏凪的現況。

「她認為自己的任務已經結束，也接受了這樣的結果，所以安心睡著了。」

畢竟我以前也是那樣——希耶絲塔如此說明自己過去的體驗。

她也曾經只有意識活在夏凪的心臟中，並進入沉眠。

「……嗯？既然這樣，妳當時是怎麼辦到的？」

「什麼當時？」

希耶絲塔對我的疑問歪了一下小腦袋。

「就是之前在豪華郵輪上啊。我和發瘋的變色龍戰鬥的時候，妳不是借用夏凪的身體來救過我嗎？」

也就是說至少那時候希耶絲塔有醒過來，趕到我身邊。

「……有那種事嗎？」

「不不不，這種裝傻方式也太勉強了吧。」

然而希耶絲塔卻不知道為什麼把視線從我臉上別開，不自然地扭著脖子。

「哦哦，原來如此。」

就在這時，我想到一個可能性。多虧長年來擔任助手的工作，看來我也多少培養出一點推理能力了。

「簡單來說，妳當時是因為我遇上危機而感到焦急，所以按捺不住就醒過來了。」

「……！」

「妳在無意識層次就對我擔心得沒辦法，是嗎？」

「…………！」

希耶絲塔即使努力保持冷靜，但她的眉毛還是不斷跳動反應。

只要回想以前我被綁架時她慌慌張張開機器人跑來救我的樣子，其實這樣的心理反而可以說是很自然的。換言之……

「希耶絲塔，妳會不會太喜歡我了啊？」

事隔一年，我總算得到反攻她的機會。

「…………你這傢伙，是笨蛋嗎？」

而反攻的結果，就是這句至今我聽過最軟弱無力的罵人臺詞。

「……唉。」

希耶絲塔接著深深嘆一口氣後……

「你跟我講這些話沒問題嗎？要是讓渚聽到，我想她肯定會很生氣喔。」

她這麼說著，一臉無奈地看向我。

總覺得這個睽違一年重逢的搭檔，表情變化好像稍微比以前豐富了一些。

不過那恐怕是因為她跟那傢伙……那個心中總是燃燒著激情烈焰的少女片刻不離地相處了整整一年所造成的影響吧。我想著這種事，於是開口回答：

「是啊，她一定會生氣吧。」

——所以……

「所以真希望她快點醒過來罵我。」

這就是我現在唯一的心願。

「……你呀，會不會太喜歡渚了？」

希耶絲塔對我露出苦笑。

面對她這麼迅速的再度反攻，就在我考慮著該如何回應的時候……

「──所有人都不准動！」

店內突然響起男人的聲音與一發槍響。不知發生何事的我轉頭望向聲音來源，發現幾名蒙面男子正把槍口舉向店員與客人。

原來如此，看來又有**事件發生**了。唉，真是一點氣氛都沒有。我只能忍住差點浮現的苦笑，等待偵探做出指示。

「助手，說真的你差不多也該治療一下你的體質了吧？」

「是啊，那正是我現在的第二個心願。」

◆敵人名為亞森

隔天。

我和希耶絲塔被某個人物叫到了紐約市警局。

「嗨，昨晚過得很愉快吧？」

在警局人員帶路下，我們進到一間會客室。結果手拿香菸輕鬆坐在沙發上的女刑警——加瀨風靡說著這樣一句某知名RPG遊戲會出現的臺詞，對進入房間的我和希耶絲塔露出賊笑。

「我聽不懂妳講的『愉快』是什麼意思。」

我對她這麼裝傻，並且和希耶絲塔一起坐到她對面的沙發上。

「不，也沒什麼。我只是看那位小姐好像很睏的樣子，想說是不是你昨晚不讓她睡覺。」

「……這位名偵探想睡的表情是標準配備啦。」

我瞥眼瞄了一下坐在旁邊的偵探本人，發現她甚至不曉得有沒有聽見我跟風靡小姐這段對話，一副很睏模樣地揉著眼睛。這麼說來她今天早上好像確實比平常難起床的樣子……但我向上天發誓，昨天晚上我們什麼事都沒做。雖然也沒必要特地強調就是了。

「話說風靡小姐，我才想問妳為什麼可以在紐約市警局裡還那麼大牌？」

一名日本警察竟然毫不客氣地占據了一間房間，悠悠哉哉抽著菸。再說，她的戒菸計畫又跑哪裡去了？

「哦哦，你說這個？其實我也很想立刻戒菸呀。」

結果風靡小姐臉上浮現淺笑。

「但我想想還是連同那男人的份一起再抽一段時間好了。」

或許該說令人意外吧，她居然會用她獨自的方式這樣追悼如今已故的敵人。

「……然後呢？關於昨天的事件有什麼要說的嗎？」

我說的事件就是指昨天在我們吃晚餐的那間餐廳，發生的神祕蒙面男子們襲擊店家的事件。對於那群犯人們來說很不幸的是，當時客人之中剛好有個名偵探。到頭來連讓我表現的機會都沒有，希耶絲塔一瞬間就制伏那群男人，把他們交給了警方。

然後到今天，要辦的事情在某種程度上已經辦完的我們本來準備回國……卻在出發之前接到還留在紐約的風靡小姐聯絡，於是變成了現在這個狀況。

「哦哦，其實關於你們昨天逮到的那群傢伙，警方已經問出了他們的犯案動機。結果他們講出了有點有趣的話。」

風靡小姐說的「有趣」，毫無疑問對我們來講就是「麻煩事」。我忍不住垂下頭，繼續聽她說下去——

「那傢伙們竟然要求——解放亞森。」

聽到這句話的瞬間，到剛才還一臉想睡的希耶絲塔忽然做出反應，全身抖了一下。接著又露出嚴肅的表情，把指尖放到下顎。但我還是搞不懂那理由？亞森？

那名字究竟是……

「就是怪盜。」

「……！妳說怪盜，該不會是……」

希耶絲塔盯著我，點頭回應。

「沒錯。就是十二名《調律者》之一，同時也是背叛者的《怪盜》亞森。」

雖然聽說那名字也是假的啦——希耶絲塔說著，臉上浮現複雜的表情。

背叛者《怪盜》亞森。關於他被這樣稱呼的理由，以前《巫女》米亞・惠特洛克有向我說明過。

怪盜曾經與身為世界之敵的《原初之種（席德）》做過一場交易，盜走了米亞的《聖典》。當然，那對於應當是正義使者的《調律者》來說是不可原諒的背叛行為，結果那傢伙就被軟禁在地下監獄了。

「聽說最近在這座紐約市內經常發生這類以解放亞森為目的的恐怖攻擊行動。佛列茲那傢伙也為了對應忙得不可開交的樣子。」

風靡小姐吐著白煙，提到身為《革命家》的同時在表面世界也扮演政治家的佛列茲。

「而且不只是紐約。現在世界各國似乎都有傳出這類事件的報告。怎樣，你也有什麼印象嗎？」

她銳利的眼神朝我看過來。

「……難道說，倫敦那起巴士劫持事件也是……」

那是大約三週前，我和米亞一起在倫敦街上搭乘巴士時遭遇的事件。印象中那個持槍的男子當時要求警方「釋放同伴」。原來他所謂的同伴就是指《怪盜》亞森嗎……

「怪盜有那麼多同伴？」

紐約和倫敦……不但跨越全世界，而且不惜發動劫持巴士或人質事件也想要救出那傢伙的同伴們。

「我的確聽說《怪盜》有很多**協力者**。」

希耶絲塔如此回答我的疑問。

「不過那恐怕……」

「沒錯，那些發起解放運動的傢伙們絕不是亞森的什麼同伴。」

這次換成風靡小姐接著希耶絲塔這麼說道。

「證據就是那些傢伙們除了『亞森』這個假名之外，根本不曉得任何關於《怪盜》的具體情報。」

既然風靡小姐會講得如此篤定，就表示並非那些男人們在撒謊掩護《怪盜》吧。既然如此……

「意思是說他們並不是《怪盜》的同伴，頂多只能算用完即丟的棋子？」

「或者還有一種可能。」

風靡小姐蓋過我的發言，在菸灰缸上熄滅香菸。

「亞森搞不好是**恣意操控著那群傢伙**。」

對世界各地素未謀面的人們下令。

命令他們把自己從監獄裡救出去。

「……那種事情有可能辦到嗎？」

意思是說亞森擁有將根本不認識的陌生人像人偶一樣操縱的技術？

「我不清楚具體的方法，不過……」

希耶絲塔難得用很凶的表情回答我：

「他是怪盜——**就連人的心或意識都有辦法偷走**。」

「……！不過現在既然已經知道亞森企圖越獄，應該還有辦法做出什麼對策吧？」

據說亞森現在依然被軟禁在某個國家的地底深處。那麼只要在他有進一步行動之前做出嚴謹的對應——

「是呀，沒錯。**如果可以做到那樣就好了**。」

結果風靡小姐朝天花板吐著煙，代替希耶絲塔回答我：

「但是根據那群無能的上級長官們說，《怪盜》亞森似乎已經成功越獄了。」

◆蜂鳴必會響三次

離開警局後，我本來以為希耶絲塔會繼續討論關於《怪盜》亞森的事情……但這個預測卻被她本人徹底推翻。

「我們的位子應該是這裡吧。」

我和希耶絲塔在劇院的觀眾席並肩坐下。不知道為什麼，我們現在竟來到一間位於百老匯大道的劇院準備欣賞音樂劇。

「其實現在根本不是做這種事情的時候啊。」

「就算急著處理問題，也不保證就能夠得到想要的答案喔。」

希耶絲塔始終很冷靜地如此斷定後，把視線放到她手上的簡介小冊子。

既然她會這樣判斷，表示其中應該有什麼意義。

「話說我們好久沒來這裡了呢。應該有兩年吧？」

希耶絲塔這時提起過去的回憶。以前她也約我來過這間劇院。

「雖然那時候因為劇院發生恐怖攻擊事件，害我們沒能好好欣賞就是了。」

「所以這次要來重看一次是吧……是說，我們好像老是被扯進那類的事件啊。」

「還不就是你害的？」

開演前，我們這麼輕鬆抬槓著。

從那次事件之後已經過了兩年。

我記得當時我們有約好要再來重看一次……但就在一年後，我領悟到那約定無法再實現了。萬萬沒想到的是又經過一年後，居然會以這樣的形式實現約定。

「然後呢？你在這一年中有沒有成長為適合來欣賞音樂劇這種高尚文化的成熟男人呀？」

「畢竟我也十八歲了嘛，就算來到這種正式場合也不會緊張了。要我當護花使者也是輕而易舉啦。」

我這麼說著，把希耶絲塔彷彿在試探我的問題輕鬆帶過。

「我這一年來跟女孩子出去購物用餐當然不用說，去旅行的時候還會到游泳池或賭城小玩一下，甚至約去酒吧都沒問題囉。」

「……這樣呀。其實你跟什麼女人攜手登上大人的階梯，跟我一點關係都沒有就是了。」

但就在這時我好像踩到了什麼地雷，希耶絲塔明顯變得心情很差。

「我只是開開玩笑啦。講實話，那些對象全都是夏凪、齋川跟夏露而已。」

而且期間上也都是集中在這兩、三個月的事情。自從和希耶絲塔一度死別之後，直到與夏凪相遇之前，我其實每天都沉浸在溫吞安逸的日子中。

「不過我累積了各種經驗倒是真的。」

聽到我這麼說，希耶絲塔看著著我疑惑歪頭。

「總之，怎麼說呢？現在首先要讓夏凪清醒，等一切都安頓下來之後——」

我們想像著那樣的未來，繼續對話。

「我們再找個地方一起出去玩吧。」

「——嗯，說得也是。」

告知開演的蜂鳴器這時響起了。

「道地的音樂劇果然很有看頭呢。」

過了三小時，我們離開劇院走在回飯店的路上，希耶絲塔用力伸展了一下筋骨。

沿著她伸向上方的手抬頭仰望，可以看到一牙彎月高高掛在天上。

「尤其是男女主角上演熱情的接吻戲時，你一臉尷尬的表情實在有趣。」

「妳的取樂方式也太莫名其妙了。不要看我，專心看戲啊。」

「啊，原來我猜對了？其實那時燈光很暗，我根本看不見你的臉呀。」

我竟然中了這種奸詐的陷阱……

希耶絲塔微微揚起嘴角後，走到我前方三步距離的位置。

「不過我們也差不多該回去日本了。」

「……是啊，畢竟夏凪的狀況也讓人擔心。」

一方面也由於我們到最後都沒能見到史卡雷特，目前關於讓夏凪清醒過來的手段是半點線索都沒有。既然如此，繼續在這個國家逗留應該也沒意義吧。所以正如希耶絲塔所說，我們明天就回去日本比較好。

「…………」

「助手？」

我回過神才發現，站在前方的希耶絲塔正探頭看著我的臉。

「你在想《怪盜》的事情嗎？」

……在這名偵探面前果然什麼事也瞞不過她。其實從風靡小姐那裡聽來的那件事總是迴盪在我腦中揮之不去。

「是啊，我在想那傢伙明明應該在監獄裡，究竟是怎麼讓遍布全世界的其他人執行恐怖攻擊的。」

假設真的像風靡小姐和希耶絲塔說的，《怪盜》亞森擁有操縱他人的能力或技術，我覺得再怎麼說，他也很難在監獄裡發揮那個力量才對。

「說得對。如果是看守監獄的獄警遭到他操控，那他應該在那時候就能輕鬆越獄才對。實在讓人想不出有什麼理由，要像這樣操控世界各處的陌生對象。」

沒錯。亞森實際執行的這種將其他人捲入其中的做法，讓我覺得非常拐彎抹角。如果他唯一且最大的目的是越獄，應該還有其他效率更好的手法才對。亞森的能力上可以辦到的事情，與實際執行的結果之間存在著重大的矛盾。我認為那才是這起事件中最大的謎團。

「關於那個《怪盜》，妳還知道其他什麼事情嗎？」

一直以來，希耶絲塔都不會主動向我說明關於這方面的事情。但我如今已知道《調律者》的存在，也比以前更接近世界的背面部分了，所以希耶絲塔應該沒有理由繼續無謂地對我隱瞞情報才對。

「畢竟亞森是個祕密很多的存在。我其實也不太清楚他除了身為怪盜的實力以外的部分。但關於他的技術，有一點是可以確定的──」

希耶絲塔先提出這樣的前提後，告訴我關於《怪盜》我還不曉得的情報：

「**被亞森偷走什麼東西的人絕不會注意到那件事實**。」

他就是靠著那樣壓倒性的竊盜技術而坐上了《怪盜》的職位──希耶絲塔這麼說明。

被偷走了什麼東西、欠缺了什麼東西，卻沒有辦法注意到那東西是什麼。這種事情真的有可能嗎？假如是以前的我，大概不會相信吧。然而像我自己就曾經因為《花粉》而遺忘了希耶絲塔之死的真相，希耶絲塔也被奪走過自己曾經與夏凪和愛莉西亞相遇的記憶。

如此這般，失去的東西會在原本的主人毫無自覺之中，消失在一片馬賽克的另一端。難道《怪盜》亞森能夠像這樣，甚至把其他人的意志或心靈都偷走嗎？而且對方連自己被偷了都無法察覺。

「話說回來。」

希耶絲塔忽然對陷入沉默的我說道：

「沒想到你會這麼主動想要解決這件事情呢。明明以前當我帶來什麼工作的時候，你總是會露出不甘不願的表情。」

看來你也成長了——她說著，稍微踮起腳尖摸摸我的頭。

「而且不知不覺間連身高都長高了。」

嘴上這麼說的她，莫名露出一臉寂寞的笑容。

「……不要這樣。」

我本來想揮掉她的手，但過去的後悔霎時閃過腦海，讓我又把手放了下去。

的確就像希耶絲塔說的，這起關於《怪盜》的事件並非一定要由我們出面解決的案件。雖然風靡小姐之所以特地告知我們，或許是因為對《名偵探》抱有某種程度的期待，但其實也沒有任何人強迫我們。即便如此，我依然自己主動想要介入其中的理由是——

「我會對工作表現得這麼積極，是因為這次的案件比較特殊。」

「特殊？」

希耶絲塔繼續摸著我的頭髮並疑惑歪頭。

……再不讓她停下來的話，我的髮型會亂到見不得人啦。

「沒錯。根據米亞的說法，以前《怪盜》為了席德把《聖典》盜走的時候，似乎有以某個代價做為交換條件。我想那個代價搞不好就是席德的《種》，而這點可能會成為解決這次事件的關鍵。」

換言之，我猜想這次的事件或許也是《原初之種》引發的世界危機結束之後的**延長戰**。假設真的是這樣，那麼身為事件負責人的《名偵探》以及其助手就應該出面解決才對。

「——這樣呀。」

希耶絲塔似乎接受了我的講法，把手從我頭上收回去。

「但歸根究柢，在他真的越獄之前，應該還有更多預防措施可做才對吧？」

為什麼要等事情變成這樣才開始慌張——我忍不住對其他《調律者》以及據說更上級的大官們抱怨起來。

「再說，亞森難道沒有被剝奪《怪盜》的職位嗎？我覺得光是他把《聖典》偷走時，就應該做那樣的處置也不奇怪啊。」

「關於這一年左右的事情其實我也沒有掌握得很清楚，但畢竟跟選定《調律者》成員相關的事情最終都是由上級的人判斷。他們之所以決定讓亞森維持《怪盜》的身分在監獄中度日，或許其中也隱含什麼意義吧。」

姑且不談那想法究竟正不正確就是了——希耶絲塔為這個話題如此作結。

「不過話說……」

接著，她又輕輕拍了我肩膀兩下。

「你變得比以前更懂得從各種角度思考事物了呢。表現可嘉，請繼續保持。」

「……好久沒聽到那句教人火大的稱讚方式了。」

「所以說……」

希耶絲塔的碧眸筆直注視我……

「我希望你今後也能陪在夏凪渚身邊支持她。」

她說著，把左手從我肩膀上放下。

就在我準備對她這句話做出回應的時候……

「助手，看來時間差不多囉。」

「時間？……嗚！」

太陽已經完全下山的幽暗小巷。

在一片黑暗中，有如從什麼燈光打出的影子裡浮現出來般，一道白色的鬼影現身了。

守護世界的十二面盾牌之一——《吸血鬼》史卡雷特。

用彷彿在觀察獵物般閃亮的金色眼眸盯向我身邊的他，露出沾有紅色鮮血的牙齒說道：

「好久不見了——白日夢。」

◆蒼白之鬼與靈魂所在

浮現於暗夜中的白色西裝，令人聯想到鮮血的紅色領帶。

這男子名叫史卡雷特——是真正的**吸血鬼**。

幾週前，我在電視臺的地下停車場與這傢伙初次相遇，之後就一直保持著非敵亦非友的距離。

「總算見到你了。」

希耶絲塔瞇起眼睛，注視背靠著牆壁的吸血鬼。

看來她是為了能在這裡見到史卡雷特，所以**調整了時間**。因為還有陽光的時候吸血鬼就不會出沒。其實希耶絲塔並非單純想欣賞音樂劇的樣子。

「哈！原來如此，妳是那麼想要見到我才回到人世啊。」

真是可愛的女人——史卡雷特一臉滿意地點點頭。

「才不是那樣。我是因為剛好有事才來找你的。」

「用不著那麼害羞，妳可是我原本的新娘候補啊。」

「史卡雷特，你剛說了什麼？新娘？希耶絲塔嗎？誰的？」

「助手，拜託你不要讓狀況變得更複雜。不要為了那點事情就拔槍呀。」

……話雖這麼說，但從以前史卡雷特的發言就可以確定，這兩人之間絕對有過什麼恩怨。例如希耶絲塔很有可能被對方抓到什麼把柄而遭受脅迫之類的。既然如此，我身為助手總應該……怎麼說？該做些什麼才行吧？

「你也是，人類。沒想到我們這麼快又見面了。」

就在我想著這些事情的時候，史卡雷特的視線也朝我看過來。

「……是啊，我們有點事情想要請教你。」

現在比起希耶絲塔和這傢伙之間的恩怨，還有更多重要的事情必須問出來。於是我和希耶絲塔互看一眼後，立刻進入正題。

「史卡雷特。」

希耶絲塔朝吸血鬼的方向踏出半步。

「你知不知道有什麼方法可以讓無法清醒的人恢復意識？」

這就是我們接在《發明家》之後，又決定拜託《吸血鬼》的理由。

史卡雷特身為吸血鬼，具有讓死者復甦的能力。而那個對象只會帶著生前最強烈的本能復活。換言之，吸血鬼是不是有辦法將人類的本能……也就是意識抽取出來？——在這樣的假設下，希耶絲塔決定詢問史卡雷特讓此刻依舊沉眠的夥伴醒過來的方法。

「你們認為人的靈魂是寄宿在什麼地方？」

結果史卡雷特卻反過來對我們如此詢問。

「在大腦嗎？還是在**那裡**？」

他那對金色眼眸看向希耶絲塔的左胸。

被稱為人類的心靈或靈魂的東西，究竟是在身體的什麼部位？

即使姑且把「心靈」或「靈魂」換個具體一點的講法稱為「意識」，在哲學、心理學或醫學等等不同的學問領域中也各自有不同的定義。哲學著重於思考，心理學以感覺為根據，醫學則是透過刺激與反應做機械式判斷，大家對於人類「意識」的解讀方式可說是千差萬別。

若僅限於希耶絲塔的狀況，也許是由於席德的《種》造成的影響，她的意識寄宿於左胸內的那顆心臟。相對的，曾經是她仇敵的海拉則身為夏凪的隱藏人格，恐怕是以另一個意識的形式沉睡於她腦中。假設如此，身為主要人格的夏凪同樣是從大腦產生意識嗎？以科學的角度來看果然應該就是這樣吧。

「…………」

我回過神發現史卡雷特正注視著我，臉頰邊貼著冷笑。

「人類的意識所在。雖然說，我其實也不曉得正確答案就是了。」

他緊接著態度一變，露出一副裝模作樣的表情。

給我賣了那麼久的關子，結果你居然也不知道啊。

「簡直是世界上最沒意義的一段時間了……」

「這男人就是喜歡一臉得意地搞這種事呀。」

希耶絲塔也用無奈的眼神看向史卡雷特。

「那有什麼辦法？我製造的《不死者》只是**擅自**帶著本能復活而已，和我的意思根本無關。」

「不是你想要那麼做的？」

「就跟我不是自願過這種生活是一樣的意思。」

史卡雷特說出這樣一句教人摸不著意圖的回應。我雖然想問他那句話的意義，但吸血鬼那美麗又恐怖的側臉讓我一時猶豫了。

「我能說的只有一點。」

吸血鬼再度開口。

「無論是一根毛髮也好，一塊牙齒的碎片也好，只要有肉體的零碎我就能夠讓死者復活。照這個意義來講，人類的本能、意識應該是來自所有的DNA吧。」

當史卡雷特講完這段話的時候，他臉上已經恢復平常飄逸的表情。

人的意識就像流動的血液般，從頭頂到腳趾，在全身循環著。就好像展望明日的眼眸、握劍守護他人的雙手、死後依然不停止跳動的心臟，這些全都有不會消逝的意念寄宿其中。

「蝙蝠死了。」

說著這些話的同時，我回想起過去的另一個仇敵，於是將這件事實告知史卡雷特。

我和史卡雷特相遇的那晚，他是和當時利害一致的蝙蝠共同行動。後來經過一些波折，蝙蝠離開史卡雷特改成為我和齋川她們的夥伴，最後得償宿願與席德交戰，犧牲了性命。

「這樣啊。」

史卡雷特並沒有特別表現出任何感慨，只是如此呢喃後……

「只要你把那傢伙的一**部分**帶過來，我就可以讓他復活喔。」

他恐怕沒有什麼惡意，只是身為吸血鬼提出理所當然的建議罷了。

「不，免了。」

根本用不著我為死者代言，那傢伙絕對不會期望那種事情。因為……

「蝙蝠已經實現他的心願了。」

所以那傢伙沒有必要繼續奮戰。

我只希望他能安詳沉眠。

「這樣啊。我是不太瞭解啦，但那樣肯定比較好吧。」

史卡雷特遙望著遠方，銀色的頭髮隨夜風搖曳。

「我另外還想問你一件事。」

希耶絲塔接在我後面對史卡雷特問道：

「你知不知道以前《怪盜(亞森)》和《原初之種(席德)》之間的交易內容？」

那正是我們現在面對的另一項課題。亞森當初提供《聖典》給席德的時候，究竟獲得了什麼代價？那搞不好就是解決一連串事件之謎的線索。

「誰曉得？我已經很久沒有出席那個無聊的會議，所以那方面的事情我也不可能知道。」

然而史卡雷特卻聳聳肩膀，再一次沒能提供我們所期望的答案。

「再說，我只對我的敵人有興趣。」

那是指他身為《調律者》所面對的《世界之敵》嗎？或是——

「史卡雷特，你戰鬥的對象是誰？」

對於我的提問，吸血鬼沒有回答。

他始終只是感到耀眼似的，以那對金色的眼眸望著浮在夜空遠方的彎月。

「對了，不過有件事情我要對你們說。」

史卡雷特就像突然想到般再度把臉轉向我們。

「雖然關於《怪盜》的事情我無從得知，但如果是跟已經不在這世上的《原初之種》相關的情報，我倒是可以告訴你們。」

就當作是你們打倒那傢伙的獎賞吧——史卡雷特說著，還是老樣子地露出高高在上的笑臉。

「當初我和《原初之種》交涉時，那傢伙向我提議『要不要一同消滅太陽』。」

那恐怕就是以前他也有跟我提過，席德找他一起合作的那件事。雖然我有問過史卡雷特究竟和席德之間做了什麼交易，但當時他直到最後都沒有回答我。

「果然是這樣。」

其實當我們知道《原初之種》的弱點是陽光的時候，我就隱約察覺到這個可能性了。所以席德當初是找上跟自己同樣討厭太陽的史卡雷特做交涉。

「可是你為什麼拒絕？那個提議對吸血鬼來說應該不壞吧？」

「是啊。我也覺得他講的話頗有趣，原本認為接受看看他的提議也不失為一種樂趣。」

史卡雷特說著，把視線從我身上移向希耶絲塔。

「但我想說那樣一來，我的前新娘候補就沒辦法一邊享受日光浴一邊午睡，也太可憐啦。」

他微微揚起嘴角，如此表示。

「……如果要說看過希耶絲塔睡臉的次數，我也……」

「助手，你拿這點跟他爭風吃醋根本莫名其妙呀。」

我才不是爭風吃醋，只是陳述事實而已。

話說回來，這下要問史卡雷特的事情全都問完了。關於夏凪的意識也好，《怪盜》的事情也好，繼續跟他講下去應該也不會有更多進展吧。我如此判斷，於是對希耶絲塔打了個「差不多該回去了」的暗號。

「現在難以預測《怪盜》會做出什麼事情，你也小心一點。」

希耶絲塔對史卡雷特這麼說後，那傢伙一臉滿意地呢喃了一句「真是懂得關心丈夫的好女人」。你說誰是希耶絲塔的丈夫？小心我揍你。

「不過最近的確有些可疑的動向。」

這時，史卡雷特忽然把金色的眼睛瞇成細線。

「大約一個月前，某個男人的屍體被送到了我的地方，問說『**要不要用一百萬**

美元把他買下？』這樣。」

那聽起來簡直就像器官買賣一樣。不過對於有辦法讓死者復活的吸血鬼來說，這種買賣人類屍體的行為恐怕具有非常大的意義。

「那具屍體並不是普通人的？」

從話語間聽出這點的我如此詢問史卡雷特。

「沒錯。雖然我最後並沒有答應那場交易，不過那個人物的確值得那個價錢。」

史卡雷特這麼表示後，告訴了我們一個月前他見到的那名死者：

「那是《革命家》佛列茲・史都華的遺體。」

◆下一段故事開幕

隔天，我和希耶絲塔來到了某棟建築物的一間房間中。

時間剛過下午四點。

我們坐在來賓用的沙發上，等待**約定見面的人物**現身。

「話說回來，你的推理能力也變得不錯呢。」

希耶絲塔用自備的茶具組享用紅茶的同時，對我如此評價。

昨晚和史卡雷特道別後，我針對《怪盜》相關的一連串事件提出一項假說，並且在回到飯店後與希耶絲塔徹夜討論。最後引導出一個結論的我，現在為了對答案而等待著某位人物到來。

「昨晚走在路上的時候我也有感受到你的成長了。沒想到你是在實戰中能夠更加進化的類型。」

希耶絲塔把我說得像是什麼戰鬥漫畫的主角一樣稱讚我。

「居然在不知不覺間就長得這麼大，讓人好懷念以前還在幫你換尿布的時候呢。」

「哪可能有那種時候啦。要這樣講妳才是小嬰兒，今天都賴床多久了？」

就跟昨天一樣，今天希耶絲塔依然到了早上甚至中午都還在睡，直到傍晚我搖了她身體好幾次才總算從被窩中爬出來。

「偶爾多睡一下有什麼關係嘛。」

然而希耶絲塔卻對我的諷刺一派輕鬆地帶過。問題就在於根本不只是「偶爾」啊。

「而且反正**對方**也很忙，只有這段時間才有辦法見面呀。」

「哎呀，確實是讓我們趕上了沒錯啦……」

就在我們交談到這邊時，房門忽然打開，有個人影走進房內。他進來時沒有先敲門，但那也是當然的。因為他就是這間房間——**這間辦公室的主人**。

「讓你們等很久了嗎？」

男人名叫佛列茲．史都華。

他身著高級西裝，臉上帶著表面世界用的職業笑容，不是坐到我們對面，而是走到房間深處自己的辦公桌坐下來。這是繼前天的聯邦會議之後我們再度見面。

「不好意思，我工作積得太多了。希望你們原諒我這樣跟你們交談。」

不只是《調律者》同時也擔任這座紐約市市長的佛列茲打開電腦，忙碌地敲打起鍵盤。

「是忙著對應各種事件嗎？」

「……是啊，沒錯。我有聽風靡．加瀨說過，你們好像之前幫忙解決了其中一樁事件的樣子。」

佛列茲一瞬間把臉轉向我們，帶著微笑說了一句「感謝協助」。

他指的是發生於這座紐約市中以要求解放《怪盜》亞森為目的的恐怖攻擊事件，身為市長的佛列茲到現在依然忙於應付那些問題。

「她還是老樣子很愛管別人家的事。」

佛列茲面露苦笑如此揶揄風靡小姐。

這點在聯邦會議上也有成為話題。風靡小姐不但逾越自己的本分範圍對《名偵探》提供協助，這次又獨自在追查《怪盜》事件的樣子。
「然後呢？」
佛列茲一邊拿筆在文件上書寫，一邊這麼詢問我們。
「我聽說你們針對這個《怪盜》相關的一連串事件，似乎有什麼新發現是吧？」
沒錯，我們來找這個男人就是為了講這件事。
「是啊，其實我們知道《怪盜》的下落了。」
聽到我這麼說，佛列茲霎時停下手中的動作。
他接著抬起視線，一臉驚訝地蹙起眉頭。
「你說你已經知道越獄的《怪盜》在什麼地方？」
「請你別太小看名偵探及其助手喔。」
雖然說，我們也是透過其他《調律者》的言行為線索才得出答案就是了。
「那麼，說來聽聽吧。」
佛列茲那對祖母綠色的眼睛望向我們。
「《怪盜》亞森此刻人在哪裡？」
「就在那裡。」
相對地，我則是語氣冷淡地回答。
不過希耶絲塔則是代替我在手中握著一面小小的圓鏡。鏡面上映照著男子的身影，露出恐怕連他自己都沒注意到的冰冷眼神。

「──我是《怪盜》？你講的話可真奇怪。」

然而佛列茲卻把視線從鏡子裡的自己移開後，再度敲打起鍵盤。

「我上次才跟你自我介紹過吧？我名叫佛列茲，職位是《革命家》。」

他對我和希耶絲塔瞧也不瞧一眼，否定了我們的假說。

「不，你並不是佛列茲．史都華。因為……」

在我旁邊的希耶絲塔一邊收起鏡子一邊說道。

「名叫佛列茲．史都華的男人**早就已經死了**。然後身為《怪盜》的你假扮成了已故的《革命家》。」

那是昨晚史卡雷特告訴我們的事情──《革命家》佛列茲．史都華已經死了。那麼就會產生一個問題：前天我們在會議上遇到的那位《革命家》究竟是誰？平常總是遠離世俗，在聯邦會議上也不露臉的異端分子史卡雷特似乎不曉得有那麼一位假貨的樣子。

但唯一可以確定的，就是有**某個人**假扮成佛列茲．史都華現身在那場合的事實。

「那麼姑且假設我這個叫佛列茲．史都華的男人是**假貨**好了。」

結果佛列茲……不，自稱是佛列茲的男人完全停下敲打鍵盤的動作。

「為什麼可以斷定我的真面目是《怪盜》？」

對，會有這樣的疑問也是當然的。因為同樣身為《調律者》，想必比較容易假冒——光是這樣的推理肯定誰也無法接受。但其實還有一個理由讓《怪盜》能夠輕易辦到這樣的替身把戲。

「因為《怪盜》能夠利用席德的《種》變身為佛列茲的樣貌。」

這就是我推測《怪盜》亞森過去以偷出《聖典》為代價向席德交換來的回報。然後他藉此變身為同是《調律者》的佛列茲，**偷走了《革命家》的職位**。

「進一步說，至今沒有任何一位《調律者》注意到你的替身把戲，這件事本身就是證據了。」

希耶絲塔也提出她推測這個假的佛列茲其實是亞森的理由。

「你長達一個月間都假扮成佛列茲．史都華，甚至以那樣的狀態出席《調律者》們聚集的聯邦會議，大膽扮演會議主持人的角色。即便如此，包括我在內的其他《調律者》卻沒有一個人察覺到革命家被掉包了。**這只有可能因為你發揮了身為怪盜的超然性**。」

這絕非希耶絲塔過度相信自己以及其他《調律者》們的觀察能力。處理過一場《世界危機》的他們確實具備那種程度的實力，然而卻沒有一個人對《革命家》職位遭竊的事實起疑——正因為敵人是《怪盜》亞森。

『被亞森偷走什麼東西的人絕不會注意到那件事實。』

那理由正是希耶絲塔昨晚說過的這句話。

「原來如此。因為你是《特異點》，所以才察覺到這點——這樣思考或許太過武斷了吧。」

朝著辦公桌坐在椅子上的男人，嘴角貼著甚至令人感到莫名從容的微笑，接著又說道：

「那麼，你們認為我有什麼必要假扮成佛列茲？」

好柔和的聲音。圓潤而溫暖，令人聽得舒服。在那樣的聲音包覆下，我甚至差點沒注意到他改變了第一人稱。跟上次會議中聽過的那個冰冷聲音完全不同——這才是他真正的聲音。

「——助手。」

有如沉在水中的氣球爆開似的，我的意識伴隨聲響清醒過來。

身旁是我熟悉的搭檔，使我頓時回想起現在自己該做的事情。對，這男人已經等於承認自己的真面目就是《怪盜》亞森了。即便如此，他卻依然表現得很冷靜，要我們說明他**替換身分的動機**。

「《怪盜》亞森。」

希耶絲塔對維持著佛列茲樣貌的男人如此稱呼。

「你改變外貌假扮成佛列茲．史都華的理由就是——透過媒體對全世界的人洗腦。」

這終究只是我們的假說而已。但可以確定的是亞森能夠藉由特殊的技術操控他人。既然如此，可以推測他或許為了將那能力發揮到最大限度而假扮成佛列茲．史都華，好讓自己的聲音擴散到全世界。

「——原來如此。」

亞森有如吐息般如此呢喃後，房內陷入一段沉默。

「為了避免造成誤會，有一點我要說清楚。」

不過接著又開口的，依然是亞森。他將雙肘放到桌面上，在下巴前交握手指。

「關於《革命家》佛列茲．史都華的死，跟我完全沒有任何關係。我只不過是假扮為**剛好在這時機喪命的他**罷了。」

他用宛如柔和的波浪將人包覆的聲音，如此主張自己並沒有干預人的死亡。

「既然這樣，你的目的是什麼？」

希耶絲塔從沙發起身，走到亞森面前。

這句話問的並不是《怪盜》假扮成《革命家》的理由。關於這點，正如我們剛才所說的那樣。

「佛列茲．史都華在一個月前已經喪命，但是他看起來一直都有在媒體上露臉。換言之，你至少從一個月前就已成功越獄，扮演《革命家》佛列茲．史都華直到今天。」

既然如此，為什麼——希耶絲塔問道。

「你明明一直都在監獄之外，到底為了什麼要操控那些素昧平生的人們，煽動他們為了解放你而行動？」

這是我們昨天走在夜路上一度認為講不通而捨棄的疑問。如果《怪盜》處於隨時都有辦法越獄的環境，他根本沒有必要特地挑選監獄外的人當自己的協力者。

然而實際上亞森別說是隨時能夠越獄了，根本早在一個月前就已經回到地表上獲得自由。既然如此，他又為何要操控在倫敦或紐約等地的人們，叫他們毫無意義地為了讓亞森越獄而活動？

對於這樣理所當然的疑問——

「沒有意義的事情，對我來說就是最有意義的事情。」

亞森說出這樣有如禪問答般令人難以理解的回答。看著我和希耶絲塔感到莫名其妙的表情，亞森又說一句「聽不懂嗎？」並繼續表示：

「這是實驗。測試在他人的命令下，人究竟會實行沒有意義的事情到什麼程度。」

那簡直就像超越邏輯道理之外的思考實驗。對於依循經驗與邏輯進行思考的希耶絲塔來說，可謂天敵。怪盜與偵探——兩者自古以來就如矛與盾的相反存在，帶著註定交戰的命運。

「那種實驗，你以為我會讓你繼續下去嗎？」

然而在那樣的恩怨之中，偶爾也會出現偵探持矛的狀況。

和我一同起身的希耶絲塔將那把熟悉的滑膛槍舉向敵人。

「妳放心吧。」

但亞森卻毫不在乎瞄準自己的槍口，依舊語氣和緩地說道。

「實驗早已結束，也獲得充分的統計資料了。肯定能夠活用在下一次的行動。」

「我們的意思就是那個下一次根本不……」

「再說——」

亞森打斷我的話，並站起身子。

「《原初之種》給我的《種》終究只是**碎片**。雖然不容易發生多餘的副作用，但相對地功能也受到限制。因此照這樣下去，我也沒辦法繼續保持這個樣貌，差不多該離開了。」

「……種的碎片？你為了那種東西不惜違反聯邦憲章，偷走了跟《原初之種》相關的《聖典》？」

就在我這麼詢問的瞬間，亞森不知為何感到失望似地瞇起眼睛。

「我絕對不會讓被偷的對象發現自己遭竊。然而你們卻知道我把《原初之種》的《聖典》偷走。關於這點，你們都不會感到奇怪嗎？」

這可是你們自己剛才說過的話——亞森有如在責備般如此說道。

的確，我們知道亞森把《聖典》偷走的事。但那是因為希耶絲塔和米亞在事前就如此安排，並不是什麼特別令人感到奇怪的——

「——難道說，那天你偷走的不只是《原初之種》的《聖典》？」

希耶絲塔依舊繼續讓槍口瞄準亞森，制止他行動似地這麼追問。

「……原來如此，亞森別有目的。」

希耶絲塔和米亞有注意到亞森企圖把《聖典》偷走，因此她們當時應該有充分戒備才對。但是亞森卻依然突破了她們設下的包圍網，除了《原初之種》相關的《聖典》之外，還另外偷走了**別的東西**——而且讓希耶絲塔與米亞都沒有發現這點。

「那麼反而應該說，你的目的打從一開始就是——」

希耶絲塔用力瞇起碧眸。如今她才總算發現，本來把亞森的行動加以利用的她們實際上反而被亞森利用了。

「只是漠然獲取回報並不合我的個性。真正想要的東西，我都會親手偷出來。」

亞森說著，從我們身邊走過。

「你以為逃得掉嗎？」

接著希耶絲塔之後，我也把槍口舉向敵人。

「逃掉？我從來沒有任何一次從誰面前逃走的念頭。」

就在這時，耳邊忽然發出「喀喳」一聲教人不寒而慄的聲響。

「只是誰都追不上我罷了。」

緊接著，我從視野角落瞄到黑色的槍。突然現身的男人們把槍口抵在我的後腦杓，讓我不得不舉高雙手。

「……原來這些人也受到你操控。」

從打扮上看起來，他們應該是市政府的職員。

恐怕是遭到亞森的能力操縱——

「錯了。」

亞森一瞬間停下腳步。

「他們全都是按照自己的意志提供我協助。」

但他留下這句胡說八道的解讀後，又丟下我們逕自往房門走去。

「我想你之前應該也已經聽到了。」

然而，一名少女再度叫住敵人。

即使被身穿西裝的男人們舉槍抵著，那名少女……希耶絲塔依然朝著敵人準備離去的背影說道：

「很快就會有新的《名偵探》上任，代替我的職位。她的激情絕對有一天能夠逮捕你。夏凪渚絕對不會輸給利用人心的敵人。」

對於《名偵探》這段宣告……

「真是期待快點偷走那份激情呢。」

《怪盜》留下這句聽起來莫名開心的話語後，邁步離去。

◆與她度過的那段教人眼花撩亂的三年

就這樣結束與《怪盜》亞森的對決之後，我和希耶絲塔在回飯店之前先來到一間餐廳。本來的目的是為了一邊吃晚餐一邊對於沒能抓到亞森的事情開反省會的，可是……

「妳稍微克制一下喔，希耶絲塔。」

明明身材那麼苗條，究竟是把吃進去的東西都塞到哪裡去了？希耶絲塔雖然舉止優雅，卻速度驚人地清空一盤接一盤的食物，根本沒有閒暇討論關於亞森的事情。

「不過你想想，要趁能吃的時候多吃點呀。」

「什麼叫『你想想』啦？想吃隨時都可以吃吧。」

希耶絲塔完全沒有聽我講話，又開始翻起菜單。我對那樣的她不禁傻眼……但同時有種懷念的感覺也是事實。

以前我們一直在一起的時候，也總會像這樣圍著餐桌討論委託案件的事情，或是今後的工作計畫，又或者是不著邊際的閒聊……不管怎麼說，那三年間的回憶中讓我最容易回想起來的，就是希耶絲塔像這樣很美味地吃著什麼東西的模樣吧。

「這麼說來，你最喜歡吃的東西是什麼？」

在下一道料理上桌前的空檔，希耶絲塔忽然問起這種事情。

「怎麼？幹麼忽然講起這種像是才剛認識的陌生人對話？」

「也沒什麼，我只是想說我們之間好像意外地沒聊過這類的事情。」

原來如此，這麼說起來確實沒錯。我們之間總是把重要的事情或很基本的事情都放著不講，感覺每次都只會互相抬槓而已。

「這麼說來，我到現在還是不曉得妳的本名、出身地或年齡啊。」

「要那樣講，我也幾乎沒有聽過你講出所謂的真心話呢。」

是啊，一點沒錯。然而就算不用那樣互挖底細，我們還是能夠走在對方身邊，時而將背後交給對方，相互理解對方的事情。那樣究竟是對是錯，我從來都沒有思考過。

「基本上只要是重口味的，我吃起來都沒差啦。」

雖然也不是說因為想了這些事情的緣故，不過我這麼回答希耶絲塔剛才的問題。

「什麼重口味，連料理的類型都不算呀？」

「總之，只要味道吃起來很鮮明，我就會有滿足的感覺了。」

那三年間尤其吃得比較多的就是像披薩之類的垃圾食物……或許也因為這樣，那種衝擊感強烈的味道總是會讓我腦中聯想起和希耶絲塔之間強烈的回憶。

「那妳又是如何？」

「嗯～很難講，畢竟我沒有不喜歡吃的東西。」

聽到我回問，希耶絲塔頓時停下伸向杯子的手。的確，在記憶中的希耶絲塔好像不管吃什麼料理都會吃得津津有味。唯一只有吃到我做爛的咖哩時有皺起眉頭而已……看來她並沒有所謂「最喜歡吃」的東西。

「不過，如果是人生最後一頓晚餐。」

希耶絲塔對於我的問題套用這樣的假設後……

「我希望可以和相處起來最愉快的人一起用餐吧。」

她臉上淺淺一笑，說出了和最初的問題有一點文不對題的回答。

「……吃太撐啦。」

我連衣服都懶得換，仰天倒在飯店的床上。

「呵呵，你肚子都跑出來了呢。」

相對地，希耶絲塔明明清光了比我更多盤的料理……但吃進去的東西都不知消失到哪裡去了，她還能帶著酷酷的微笑坐到窗邊椅子上。就這樣，我們總算結束漫長的晚餐時間，回到住宿的飯店……然後要說「總算」的話，還有一點。

「話說，妳會放棄得那麼乾脆也真是稀奇。」

我躺在床上仰望著天花板，向希耶絲塔重新提起關於亞森的事情。回溯幾個小時前，在那間辦公室被幾名男人包圍的我和希耶絲塔到最後讓《怪盜》給逃掉了。

「畢竟我不知道亞森到底是使用什麼樣的手段讓那些人服從他的，所以也不能貿然訴諸武力呀。」

……原來如此。要是我們那時候沒有暫時放棄，也難以預測那傢伙會對他們下達什麼樣的**命令**。如果想要確保當時在場所有人的安全，我們也只能假裝束手無策。

「但就算我輸了，**名偵探也沒有輸**。」

希耶絲塔用意志堅定的聲音說道。

「總有一天，夏凪渚會擊敗怪盜的。」

「……是啊。這下必須讓她醒過來的理由又多了一項啦。」

那位少女絕對不可能放過企圖支配人心的敵人。

夏凪渚——只要靠她那份激情，肯定可以……

「不過，這對你來說並不是最重要的理由。」

床墊發出軋響。希耶絲塔跨坐到我身上，看向我的臉。

「你想要讓夏凪渚醒過來的理由，只是單純因為你想再見她一面。」

「……不要隨便代言別人的想法。」

「可是，我沒說錯吧？」

幽暗的房間。在窗簾縫隙透進來的月光照耀下，希耶絲塔的微笑看起來更加冶豔。

「……誰曉得？」

我知道沒有必要掩飾，然而被希耶絲塔看穿一切還是讓我感到肉麻，而忍不住把臉別開。

「男生的傲嬌並不流行喔？」

「少管我啦。」

但是今天的希耶絲塔卻沒有因此放鬆攻勢。

「那麼你說說看一個你喜歡渚的地方。」

什麼叫「那麼」啦？話說三個禮拜前好像也有發生過類似的狀況……既然如此，這次不姑且回答一下也不公平吧。

「……夏凪嘛。呃，該怎麼說？那傢伙、就是……很可愛，不是嗎？」

「…………」

為何無言？因為那個嗎？我第一個應該先講個性上的魅力嗎？

「不，只是因為聽到從你口中講出『可愛』這種話，不知為何讓我全身都起雞皮疙瘩。」

「太不講理了。」

不要因為那種事情就起雞皮疙瘩啊。

我可是努力講出平常不會說的話，妳反而應該誇獎我才對。

「呵呵。不過這樣仔細想想還真有趣。」

「有趣個頭啦。反正那肯定對我來說一點都不有趣對吧。」

「因為那不就表示你以前在罵渚或是對她冷淡的時候，其實內心都在想『我的搭檔超級可愛的啦』不是嗎？」

「不要冷靜分析！我才沒有裝那種耍帥的表情！」

……可惡。夏凪，都是妳害我把臉丟光了。

「對，就是像這樣。」

「就叫妳不要讀我的心聲啊。」

還有拜託妳差不多該從我身上移開了吧——我指向隔壁的床，指示希耶絲塔移動位置。唉，還好我們訂的是雙床鋪的房間。

「……不，我的手勢並不是那種意思好嗎？」

結果這位名偵探卻沒有移動到隔壁床，不知道為什麼竟躺到我旁邊。她是個理解力這麼差的傢伙嗎？

「哦哦，原來是這樣。我都沒注意到。」

少騙人了，妳很明顯是故意的。

希耶絲塔用生硬的語調說著，露出微笑注視我的側臉。

「妳的目的是什麼？」

「因為你一直都在講渚的事情，害人家嫉妒了嘛……這樣如何？」

「如果妳講得再稍微帶一點感情，我或許就會忍不住抱妳了。」

「你這句話才講得一點感情都沒有喔？」

我們如此鬥嘴後，又同時噴笑出來。

「一點都沒變呢，我們。」

「是啊，跟一年前都一樣。」

燈光熄滅的房間。我與希耶絲塔躺在狹窄的床上互相凝視。

「唉呀，其實我內心一直在警戒，妳既然已經滿足了睡眠慾和食慾，搞不好會接著要求**剩下的一種慾望**啊。」

「……我就說我只有兩大慾望而已嘛。而且你警戒什麼啦？」

希耶絲塔感到不滿地瞇起眼睛。

「話雖這樣講，但那時候妳也說過吧？」

「那時候？」

算起來已經是一個月以前的事情了。在郵輪上與失控的變色龍交戰時，借用夏凪身體的希耶絲塔曾經對我說過這樣一句話。

「如果是跟我睡一次，妳覺得應該也無妨……妳是這麼說的。」

「…………！」

希耶絲塔霎時露出尷尬的表情，不過……

「……要這樣說，你那時候還不是說這麼重要的事情要早點告訴你嗎？這樣聽起來反而應該是你比較想做那種事情呀。」

出乎預料的反擊來了。

因為我那時候萬萬沒有想到能夠像這樣再見到妳啊。

「所以真要說起來，應該是我擔心你會不會難以壓抑離別一年又重逢的感情，當場撲到我身上才對。」

然後不知不覺間開始占上風的希耶絲塔這麼欺負著我……唉。

「那是妳自我意識過剩啦。」

我說著，伸手準備對躺在旁邊的她彈額頭。

「因為……」

可是她臉上卻忽然浮現寂寞的表情。

「你為了我，簡直太亂來了。」

接著反而是她的手伸過來輕撫我的臉頰。

……啊啊，果然被她發現了。關於我把《種》吞下去的事情。

「就算已經從身體內把《種》摘除了，只要曾經攝取過一次，將來搞不好就會有一天讓你受到副作用的折磨。」

不知是不是我的錯覺，希耶絲塔的眼眶看起來好像有點溼潤。

「例如，你可能再也看不見最喜歡的渚，可能再也聽不到最喜歡的唯唱歌，再也沒辦法出聲跟最討厭的夏露吵架。就算這樣，你還是——」

「我不在乎。」

我緊抱躺在旁邊的希耶絲塔說道。

「就是因為我不在乎那種事，所以那天我才會選擇和妳重逢的未來。」

因為我不惜讓這個身體造成什麼犧牲，也想要再跟希耶絲塔見上一面。

「抱歉。剛剛才說我們一點都沒變，但其實我稍微學會要坦率一點了。」

畢竟我已經有兩次由於自己不坦率而後悔的經驗。

「……你這傢伙，是笨蛋嗎？」

從我胸前傳來希耶絲塔軟弱的聲音。

「那樣聽起來，簡直就像你……」

但她沒有接著說下去。

只是在我懷中微微扭動身體……最後深深嘆出一口氣。

「……我覺得你遲早會被女人捅一刀。」

「妳突然講什麼啦？」

就算是這樣的體質，我也不想被扯進那種事件啊。

「吶。」

希耶絲塔接著從我懷中探出臉。

從她身上已經完全感受不到剛才那陰鬱的氣氛。

「這麼說來，那時候我忘了問你，不過現在的你應該會願意回答我吧。」

她先插入這段前言之後，向我問道：

「對於那三年的時光，你是怎麼想的？」

這同樣是一個月前在那艘郵輪上的對話。

當時希耶絲塔一邊從敵人的攻擊中保護著我，一邊說道：

『跟你共度的那三年眼花撩亂的時光，對我而言，是比什麼都珍貴的回憶。』

可是我那時候對於她這句話卻什麼也沒有回應。

但她現在重新這麼問我，讓我再一次獲得回答的機會。既然這樣……

「那種事情打從一開始就很清楚了。」

反正房間這麼暗，肯定不會被她看得太清楚，於是我索性露出最燦爛的笑容說道：

「簡直愉快得讓人不甘心啊。」

聽到我的回答……

「這樣呀。」

希耶絲塔莫名感到安心似地如此呢喃。

然後她反過來緊抱住我說道：

「謝謝。」

啊啊，對了。

這是一年前我們的約定。

如果還能活著再見到面，就讓我在妳的懷抱中撒嬌一下——這樣。

所以現在事隔一年，那個約定實現了。

「說什麼謝謝啦。」

但是我依然一如往常地這麼跟她鬥嘴，並任由她的體溫包覆自己。

就這樣，我也不反抗逐漸沉重的眼皮，深深入眠。

——隔天早上。

我睜開眼睛，發現應該睡在一旁的希耶絲塔已經不在了。

第三章

◆X路線的真正結局

「你說大小姐不見了到底是什麼意思……！」

夏露揪著我的胸襟，表現得激動憤慨。

一頭金髮被甩得凌亂不堪，充滿怒氣的銳利眼神直瞪著我。

「……就是我剛才說過的那個意思。」

我沒有抵抗她，只是說出事實。

「希耶絲塔已經不會再回到我們身邊。她在信中就是這麼寫的。」

我回想起昨天早上的事情。睜開眼睛立刻發現希耶絲塔不在旁邊的我，接著讀起取而代之放在桌上的一封信。內容是她一如往常的詼諧抬槓，對至今的事情簡單道謝，接著就是告別的話語。

明明她連日來都睡到傍晚才會起床的，要消失的時候倒是瞬間就不見了。熟悉的那把滑膛槍還靠在床邊的牆上，簡直就像在說她已經不需要那個東西。

然後希耶絲塔留下的那封信中，沒有寫到最重要的「離別理由」……不，應該說姑且有提到類似理由的內容。像是現在既然已經從《名偵探》退休變成了普通的偵探，她想說今後要一個人去旅行之類的。像是我身為助手已經有十足的成長，因此希望我陪在總有一天會成為新任《名偵探》的夏凪身邊扶持她什麼的。她講的這些的確都是難以反駁的正當理論，**但正因為如此讓我認為那不是真相**。不只是單純的直覺，而是和她相處三年的經驗這麼告訴我。

然而，希耶絲塔已經不在近處也是無從否定的現實。當天只帶著她留下的滑膛槍回國的我，今天一方面也為了報告這件事而把夏露她們叫來。

「——！也就是說你只讀了那封留下來的信，連大小姐的真心話全都沒搞清楚就不知羞恥地自己一個人跑回來了？君塚，你這樣跟一年前根本完全沒變……！」

「夏露小姐請冷靜一點！」

一名少女這時介入我們兩人之間出面調停。

「君塚先生，請你再告訴我一次。希耶絲塔小姐真的從你……從我們面前離開了嗎？」

齋川唯用搖曳的眼眸望著我。現在我們所在的地方正是她那棟宅邸中的一間房間。

「妳已經能夠自己走路啦？太好了。」

我們上次見面時齋川還坐著輪椅，不過如今她已經可以靠自己的雙腳站立了。

「請不要把話題岔開。現在比起我的事情更重要的是希耶絲塔小姐呀……」

齋川稍微帶著怒氣，恐怕是準備責罵我一番……卻罷休了。

「君塚先先，你的臉好難看。」

「哈哈，妳這是在罵我？」

「你不需要逞強跟我開玩笑的。」

請坐下來吧——齋川這麼請我就坐。

「……現在回想起來，其實隱隱約約早有預兆了。」

我說著，搖搖晃晃地坐到椅子上，將前來這裡的路上自己想到的事情……最近希耶絲塔的言行舉止上讓我感到奇怪的部分告訴她們。

例如自從希耶絲塔平安復活之後，她三不五時就會說「沒時間了」之類的話。但我想那除了指必須快點把席德打倒，或是快點讓夏凪清醒過來之外，恐怕還有其他的意思。

另外，希耶絲塔明明嘴上說著那種好像很焦急趕時間的發言，卻又帶著我到遙遠的國度跟還沒見過面的《調律者》們互相認識，或者邀我去欣賞音樂劇，然後唐突聊起過去的回憶……而這些言行上的**矛盾**是我一年前也體驗過一次的事情。

更重要的是，希耶絲塔自願退下《名偵探》的職位，並指定夏凪為自己的繼任者。雖然她說即使辭去了《名偵探》也還能繼續當偵探，但如今變成這樣，等於讓她的退隱有了不同意義。

「該不會，希耶絲塔她——」

「——！不可能有那種事！」

聽完我這段說明後，夏露面朝著地板大叫。

「大小姐真的復活，而且好不容易打倒了《原初之種》，接下來渚也肯定會清醒，如此一來終於能夠抵達你所謂的美好結局了不是嗎!?可是大小姐卻……只有大小姐又消失不見了，這種事情……！」

「或許君塚的推測是對的。」

就在這時，又有一名人物進到房間。

正是以前的女僕《希耶絲塔》——諾契絲。她先對於自己有事來遲道歉後，大概是為了補充我的假說而開始說明：

「正如夏洛特所說，《原初之種》的確已經被破壞。然而**種的碎片**依然留在這個世界上——對，就在希耶絲塔大人的左胸中。」

……啊啊，對了。我、齋川以及夏凪的身體都在上次與席德的戰鬥中把《種》摘除了。然而希耶絲塔的心臟還留在她體內。至今她就是靠那個《種》所帶來的力量恩惠發揮超越常人的身體能力，以此為武器與世界之敵交手的。

「可是源自席德的《種》乃有得有失的雙刃劍。攝取了《種》的存在會被剝奪視力、聽力或者壽命做為《種》的養分。到最後……」

「請等一下！」

齋川慌慌張張打斷諾契絲的話。

「妳接下來要講的事情我知道。之前亞伯特先生就說過了，被《種》侵蝕的人類到最後會有什麼下場。但希耶絲塔小姐原本應該是席德的容器候補才對吧？既然這樣……」

「……原來如此。希耶絲塔並非完全的相容者啊。」

聽到我這麼說，諾契絲默默點頭。

那是過去希耶絲塔和米亞聯手策劃欺瞞席德之前的事情。在原本的《聖典》中記載了希耶絲塔會輸給海拉的未來。從那段正史中可以解讀出一項事實：以《原初之種》的容器來說，希耶絲塔比起海拉略遜一籌。

『夏凪渚曾經是《原初之種》**唯一的完全相容者**——』

如今，約一週前《發明家》史蒂芬不經意講出口的這句話閃過我的腦海。最適合當成《原初之種》容器的是夏凪，而希耶絲塔則抱著遲早會被心臟的《種》侵蝕身體的命運——

「那麼，難道說大小姐她……」

夏露接著說出了決定性的一句話：

「是為了總有一天自己成為怪物之前，從我們面前消失嗎？」

對，被席德的《種》完全侵蝕身體的人會喪失自我，**淪落**為怪物般的樣貌。就像以前在郵輪上交手過的失控變色龍，或者從一開始就被當成生物兵器誕生的參宿四。那就是被《種》支配的人最後會面臨的結局。

希耶絲塔知道自己總有一天會變成那樣。所以在那個最終時限到來之前，從我們面前消失了。

「呃，等一下。假如大小姐知道自己遲早會變成怪物，那不就……」

在這種時候，希耶絲塔會採取的行動自不用說了。

她會在變成怪物之前就把自己——

「……！」

夏露轉身準備衝出房間。

「妳要去哪裡？」

「那還用說嗎！當然是去找大小姐……！」

「希耶絲塔她可是！」

我不自覺大吼，讓夏露嚇得抖了一下肩膀。

「她可是知道了一切之下做出這個抉擇的。」

「就算是那樣！就算知道有一天會變成怪物，**也沒必要自尋死路呀……！**」

「不是那個意思。」

我盯著地板，告訴夏露。

「我們究竟有多在乎希耶絲塔，和她重逢有多開心。她是在**知道這一切之下**做出了這個選擇。」

「……！」

所以這次的狀況和上次不一樣。

我們以前的確藉由超越希耶絲塔想法與計畫的形式，將她重新帶回這個世界。

但是這次希耶絲塔很清楚我們對她那樣的感情。她願意理解我們的想法。在這樣的前提下，她依然判斷只能這麼做，於是從我們面前消失。對於名偵探那樣的沉默表態，我無法隨便輕視。

「不要緊的，請先冷靜下來。」

忽然，我的手感受到溫暖的觸感。

「握住拳頭，轉動肩膀關節。呼吸要保持節奏。先閉上眼，深呼吸一口氣，然後慢慢吐出。感覺血液循環。睜開眼，原本混濁的視野就會變得清楚多了。」

那是齋川的例行魔法。她接著溫柔握起我放鬆垂下的手。

「希耶絲塔小姐做出了她的選擇。所以接下來輪到君塚先生做選擇囉。」

她說著，摘下眼罩，用呈現雙色的眼眸凝視我。

「……我，還可以做選擇嗎？」

「那當然。這是君塚先生的人生呀。」

齋川不知為何露出快要哭出來似的笑臉對我這麼說道。

但是一想到當初就是因為我自私任性的想法招致了現在這個狀況，我實在無法簡單得出答案。

「我們一直都是這樣呢。」

夏露別開視線，表情寂寞地這麼吐露。

「互相對立，鬧不和，所以把事情搞到失敗，然後感情又變差。一直反覆。」

是啊，沒錯。然後我們每次都被希耶絲塔罵，被她嘆著氣說我們是笨蛋。不過偵探最後依然會面露微笑，為我們指引正確的路。可是現在那樣的希耶絲塔已經不在了。全都要怪我天真的心願。

「夏洛特，抱歉。」

引導我們走向明天的存在，已經——

「要說偵探，不是還有嗎！」

夏露又怒又泣地踏著響亮的腳步聲走過來。

接著把雙手放到我肩膀上，放聲大叫：

「我們的夥伴之中還有一位偵探！因為那天她說過了……說自己才是偵探，是繼承大小姐遺志與心願的名偵探！」

以前在郵輪上的情景頓時閃過腦海。當時夏露絕不認同夏凪是名偵探，認為自己才有資格繼承希耶絲塔的遺志。

然而現在，夏露託付出去了。將我們的……將希耶絲塔的未來託付給另一位依然在沉眠的名偵探。

「君彥。」

諾契絲叫了我一聲，在她手中握著一把車鑰匙。

在夏凪沉睡的場所，難道有我們想要的答案嗎？還是只會讓我們被迫面對另一項無從改變的現實——我不知道。

「既然不知道，就走吧。」

曾經將意識寄宿於希耶絲塔身體的諾契絲，轉頭對背後的我這麼說道。

那模樣彷彿是那位名偵探就在眼前，令我不知不覺間踏出了步伐。

◆委託人與代理偵探

我打開病房的門，便看到與之前相同，一名少女躺在床上的景象。

「我回來了。」

如此說道的同時，我注視著少女的睡臉。

夏凪渚——和席德的那場最終戰役結束後過了兩個禮拜，她依然沒有要睜開眼睛的跡象。

「世事不會盡如人願，是嗎？」

我雖然在齋川與夏露的鼓舞下來到這地方，但是夏凪剛好睜開眼睛之類的奇蹟並沒有發生。即便如此，我還是想跟她講講話，於是坐到床邊的椅子上。

上次來這裡已經是四天前的事情了。出發前往紐約之前，我到這間病房來探訪過好幾次，而且每次都會**責備她一頓**。畢竟唯獨在她想要代替希耶絲塔犧牲自己的這項行動上，身為她助手的我必須好好罵她才行。

「夏凪，妳到底知不知道？」

看到她的睡臉又讓我再次回想起來，而忍不住對她抱怨。雖然我說過要把希耶絲塔救回來，但是不能因為這樣換成妳離開啊。

然而有如把我的怒氣當耳邊風似的，夏凪依然保持著可愛的睡臉睡得很香。

「……夏凪，妳覺得我應該怎麼做才好？」

我自然而然嘆了一口氣的同時，放在她枕邊的紅色緞帶再度映入我眼簾。

希耶絲塔復活，取而代之換成夏凪死去。即便如此，夏凪依然繼承了愛莉西亞與海拉的生命與意志，再一次回到我們面前。可是她現在又這樣陷入沉眠，然後這次再換成希耶絲塔又離開了我們，而且恐怕想要讓自己從這個世界上消失。

「妳們兩個到底是怎樣啦？」

為什麼要這樣攪亂我的心思？害我如此苦惱？

為什麼不能兩個人都平安無事？都開心地在我面前笑？

妳們這兩個名偵探總是——

「——不，我知道。一切都是我不好。」

夏凪會變成這樣的原因，是我錯算了她祕藏於心中的意志有多堅強。不惜賭上任何東西都要讓希耶絲塔復活——我這樣的心願，明明同樣存在於夏凪心中，我卻沒有發現。

然後關於希耶絲塔……我根本沒有考慮到寄宿有席德之《種》的她究竟處於什麼樣的狀況，只憑著自私任性的想法讓她復活了。最後導致的結果就是現在這樣。希耶絲塔在有一天變成怪物之前，自己先消失了蹤影。

「只有短短兩個禮拜。」

這就是我和希耶絲塔重逢的期間。而且當中的前半由於跟席德交戰的影響都在住院，幾乎沒能講到什麼話。到頭來，我犧牲了許多事物所獲得的，只是為了減少遺憾而留下的幾天份回憶，以及第二度離別的傷痛。

「妳覺得我該怎麼做才好啊，夏凪？」

就算明知不會有回應，我還是再度詢問。我把過去沒能傳達的話語告訴了希耶絲塔，而希耶絲塔也接受了我的心意……可是，她即便如此依然做出了離開我們的選擇。

對於這件事，齋川告訴我如果那是希耶絲塔做出的選擇，我也同樣可以決定自己的選擇……但那樣真的好嗎？不，我的意思並不是說齋川給我的建議是錯的。

只是，我對於要再度否定希耶絲塔的選擇感到猶豫。我的確曾經一度堅持自己的想法，超越了希耶絲塔的計畫。然而那個結果就是現在這個狀況。那麼我就算不願意也必須承認，比起我的決定，果然還是希耶絲塔的想法才正確。

「答案，其實早就出來了。」

剛才這段自問自答就是一切的答案。我錯了，希耶絲塔才是正確的。這種事根本不用想。那三年間，她一直都很正確，從來沒有錯過任何一次。

……但是我在一年前，希耶絲塔死去的那一天不禁想著，真希望她至少有一次是錯的。當然，那單純只是我幼稚的感情罷了。這種事情用不著別人糾正我自己也很清楚。

「——就算這樣，我還是希望希耶絲塔活下來啊……！」

我明白這是一種錯誤。我的心願肯定除了傲慢以外什麼也不是。明明只有心願如此明確，現在的我卻想不出任何實現的手段。我咬起嘴唇，任指甲刺在掌心上。對於依舊什麼也不會改變的現狀忍不住感到眼前一片黑暗。

「……我究竟、該怎麼做才好啊，名偵探？」

既然緊咬著嘴唇也什麼都無法改變，那我最起碼如此開口說道。

對。過來這裡之前，夏露就像斥責我似地對垂頭喪氣的我推了一把。她告訴我既然得不出答案，就去拜託另一位名偵探。

所以我即便明知這不是正確的行為，依然跑到這裡來依靠她。既然緊握拳頭讓指甲都刺在掌心上也改變不了什麼，最起碼——

「——拜託，名偵探。拜託妳救救希耶絲塔吧。」

我鬆開僵硬的拳頭，握住躺在床上的夏凪渚的左手。

「如果只是一介代理偵探，你也接受的話。」

令人懷念的聲音忽然傳來。

忘記是什麼時候了，就好像在黃昏教室中說過的對話。

或者當時說出類似臺詞的人應該是我吧。

然後我握住的左手有種被回握的感覺。

「那時候你也是像這樣握住我的手呢。」

我抬起原本垂下的頭，看到有如感到安心似的、露出微笑的少女正注視著我。

她的這句話讓我又回想起另一天的情境。算起來距離今天已經一年以上了。當時的她呈現愛莉西亞的外貌，而我那天晚上在醫院的病床邊握著她的手。

「夏、凪……？」

沙啞的聲音好不容易從我喉嚨擠出來。

結果夏凪渚見到我這樣子，躺在床上露出苦笑。

「君塚，你真的是笨蛋呢。」

她緩緩鬆開相連的手，用中指彈了一下我的額頭並說道：

「你明明是來探我的病，卻從剛才都一直在講別的女人喔？」

◆在海濱（渚）起跑

「夏凪……」

我一臉呆滯地又叫了一聲她的名字。

夏凪渚——我的同年級同學，也是我的搭檔。本來曾經一度死別，後來一直沉眠不醒的她，如今卻在我面前眨著眼睛。

「嗯，我名叫夏凪渚……嘿嘿，好久不見。」

夏凪緩緩坐起上半身後，露出頑皮的笑臉對我比了一個Ｙａ的手勢。

「等等，呃？君塚，你該不會在哭吧？啊哈哈，原來你這麼想念我……嗚！」

我用盡全力緊緊抱住了夏凪。

「呃、咦……嗯？君、君塚……？」

耳邊可以聽到夏凪慌張失措的聲音，但我沒有餘力確認她的表情。如果可以，我現在只希望永遠這樣抱著她。

「……這、這再怎麼說都太出乎我的預料囉……那個、君塚？……咦、咦咦～……」

夏凪似乎很困惑地全身變得僵硬。

「我說君塚，你這樣人設沒問題嗎？你平常應該不是會做這種事情的類型吧？」

「……吵死了。」

不行啊，我現在一講話都是鼻音。

至少為了不要被她看到臉，我繼續緊緊地抱著她。

「……唉～真是拿你沒辦法。」

結果某種柔軟的觸感忽然包住我的背部。

是夏凪的雙手抱住了我。

「啊啊，對了。說得也是，你一直想要這樣被我擁抱呢。」

這句話同樣有如重演我和夏凪在黃昏教室中相遇的那一幕。當時她為了尋找自己那顆心臟原本的主人，找我當她的偵探。但其實就在那時候，心臟的心願已經實現，而夏凪順從身體的衝動把我抱到了她的胸口。

「呃～然後是什麼？唉呦～瞧你這樣一把鼻涕一把眼淚的，還是說你想央求我玩其他更多的把戲嗎？好像是這樣對吧？」

「……！不需要連那部分都重演啦！」

我忍不住甩開她的手臂，這才終於互相面對面了。

「噗哧！」

「噗哧！」

然後兩人同時噴笑出來。

上次見到夏凪的笑臉已經不知是多久以前了。

「君塚，你的臉好糟。」

夏凪接著又笑我哭紅的眼睛。

「原來你這麼想見到我呀。」

對於這樣調侃著我的夏凪……

「是啊，我好想見妳。」

我坦率說出自己的心意。

「我想見到妳，好好罵妳一頓。」

「……嗚。」

大概是心裡有數吧，夏凪頓時尷尬地把臉別開。

我本來打算如果夏凪醒過來就要先罵她一頓的。竟然打算犧牲自己的生命拯救夥伴，那絕對不是正確的解決方式。絕對不是任何人期望的未來……然而……

「可是，我其實根本沒有資格對妳說教。」

聽到我這麼說，夏凪把別開的臉又轉回來看向我。

如果換成我站在夏凪的立場，我也無法否定自己會做出同樣事情的可能性。就像我把席德的《種》吞下去的行為，實際上就是抱著犧牲自我的覺悟。

「而且見到妳活過來而高興的心情更勝一籌，結果讓我一點也氣不起來了。」

「……你在講什麼嘛。」

夏凪感到傻眼地笑著，用手指擦拭不知不覺間積在她眼角的淚水。

「不過話說回來，夏凪，為什麼妳會忽然恢復意識？」

當然這件事本身是讓人無比開心的，但我們還是不能用一句「巧合」就將它跳過。因此我詢問夏凪這場奇蹟發生的理由。

「是呀，為什麼呢？」

夏凪把視線別開，望向病房窗外。

「失去意識的這段期間，我一直都在一片美麗的海岸邊。不是像從前那樣伸手不見五指的黑暗，也不是哪都去不了的鳥籠中……是一片蔚藍透徹的大海以及讓人想光著腳在上面奔跑的白色沙灘。而我就在那樣的海岸邊一直眺望著海面。」

那肯定就是夏凪心中的無意識世界。然而那裡已經變得跟從前受到海拉的意識支配時不同，而是認為自己完成了使命的夏凪最終抵達的心象風景吧。

「可是就在我那樣望著海的時候，忽然有個小小的手拍一拍我的背。」

夏凪說著，把右手伸向自己的左胸口。

「我轉頭看到的，是個有如從仙境中跑出來的愛麗絲一樣，可愛得像個洋娃娃的女孩子。她拚命想要對我說什麼，可是我不曉得為何都聽不見她的聲音。」

大概是回想起當時的情景，夏凪用力抓住左胸……抓住在那底下的心臟。

在那裡的究竟是誰，她肯定也已經知道了。

「然而就在這時，從那女孩口中發出了**另一個女孩的聲音**。那個聲音對我來說很熟悉，是想切也切不斷的關係……結果當我回神時，我已經順從那個聲音動了起來。」

……啊啊，我們一直都是這樣。無論那傢伙是敵是友的時候，我們總是被那聲音所動。擁有黃泉女王之名的**那女孩**想要將夏凪推回這個世界，而那段**言靈**則是由那位桃紅色秀髮的少女用無聲的聲音代替她說出來了。

「她說了什麼？」

我這麼一問，夏凪便抬起臉回答：

「──她叫我快跑。」

她凜然的臉蛋，跟我至今見過夏凪渚的任何一種表情都不同。過去在她的心臟、記憶與意識中都有好幾個不同的存在寄宿著，但如今將她們的意志一心繼承的夏凪渚想必脫胎換骨了。曾經苦於自己什麼也不是的少女已經不在。

「從那之後的展開感覺就好快。」

夏凪驀然一笑。

「這個身體，我全身的細胞都在吶喊，叫著要跟你見面。所以我在那海灘上一直跑、一直跑，跑到最後，終於追上了。」

追上了你。

夏凪說著，朝我胸口輕輕捶了一拳。

「為什麼想見我？」

「因為你沮喪得讓人都看不下去啦。」

連我在睡覺都能知道——夏凪苦笑說道。

「……所以妳才——」

那天晚上史卡雷特說過，人的本能就像循環的血液，深植於全身上下的DNA中。靠吸血鬼的能力復活的死者就是帶著那份本能復甦的。

夏凪的心靈、靈魂或者意識究竟沉睡於她身體的什麼部位，我不知道。可能是大腦，可能是心臟，也可能是在每一個細胞中。但至少夏凪渚的本能究竟是什麼，根本不用說也知道——就是身為偵探的激情。

一直以來都無法成為任何存在的她，有一天繼承了偵探的任務，找到自己應該走的路。於是她追著希耶絲塔的背影，偶爾又會選擇不同的路，但始終都沒有迷失自己身為偵探的自負。

因此現在，偵探（夏凪）為了回應委託人（我）的呼喚而醒過來了。就跟以前在那艘郵輪上與變色龍交戰的時候一樣。當時意識沉睡於夏凪體內的希耶絲塔因為我的危機而醒來。然後這次夏凪也是——

「妳們會不會太喜歡我了啊？」

沉重的心情彷彿頓時消散的我，稍微這麼開了個玩笑。

「那麼，關於你現在面對的問題……」

「……喂。」

我忍不住吐槽，結果夏凪「呵呵」地用棉被遮著嘴巴笑了。

「很可惜，並不是因為喜歡君塚之類的原因。」

是啦，我知道。我對於妳和希耶絲塔也是完完全全一丁點都沒有喜歡的感情，所以彼此彼此啦。

「不過當你有需要的時候，不管在哪裡我們都會趕到你身邊。」

夏凪用她那對紅寶石色的眼眸看著我。

「就算無視於任何常識，突破任何正規理論，把巧合主義用『奇蹟』這種話替換掉，我們也會去見你。」

只要你希望我們這麼做。

夏凪代替如今已不在這裡的另一名偵探這麼說道。

「……我說，夏凪。」

「嗯？」

她溫柔地注視著我。

「既然這樣，只要我希望再度和希耶絲塔見面……」

「當～然沒問題！」

夏凪坐在床上，自信十足地雙手扠腰。

「你就是為了那個心願到這裡來的不是嗎？」

「……被妳發現啦？」

該說她真不愧是名偵探嗎？夏凪接著說出「像這種事情就是要加緊腳步進行呀」，這樣一句好像在哪裡聽過的臺詞。

「或者說，剛才你自言自語的時候我都聽見了。」

「……既然這樣，拜託妳早點起來行不行。」

這不是害我軟弱沒出息的一面都被看光了嗎？

「簡單來講，你很猶豫自己應不應該再一次推翻希耶絲塔得出的答案對不對？」

沒錯，就是那樣。

無論我們的心願還是想法，希耶絲塔這次全部都知道了。對於她在那個前提下做出的決斷，我再一次憑著自私任性的想法破壞掉真的好嗎？

「既然如此。」

我心中這樣的猶豫，被夏凪的聲音當場揮散。

「只要別依賴什麼心意或願望之類含糊的東西不就好了嗎？」

她自己捨棄了「激情」這項獨一無二的武器如此說道。

「用我們所有人的力量再一次超越希耶絲塔吧。這次不是只靠感情——而是靠實力。」

就這樣，我們以超越名偵探為目標的作戰會議開始了。

◆槍口瞄準的對象

結束和夏凪的會議後，我盡己所能做好事前準備——隔天，出門前往某條街上。

「幾乎都還保留著當時的樣子啊。」

我跨過封鎖線，踏進如今變得空無人影的街道，小心走在龜裂的路面上，最後……來到了那棵將曾經聳立此處的時尚大樓吞沒的高大巨樹前。

這裡是兩週前我們與席德展開戰鬥，被植物徹底蹂躪的都市。有著很多倒塌建築物的這條街如今被封鎖線包圍，禁止一般民眾進入。而我在這樣的狀況下來到這地方的理由只有一個。

「嗨，真巧啊。」

我對一名少女的背影如此叫了一聲。

那名少女正站在樹下抬頭仰望著那棵巨樹。銀白色的短髮，模仿軍服的連身群。

無論哪個部分看起來都不可能認錯人，少女的名字就叫——

「妳在這裡做什麼，希耶絲塔？」

聽到我叫出名字後，對方大概是從不久前就已經做好準備了，帶著一如往常的從容笑臉轉回身子。

「沒想到又見面了呢，助手。」

代號——希耶絲塔。

一度消失蹤影的這位搭檔，如今又這麼出現在我眼前。

「真受不了，妳當自己是貓嗎？」

聽說當飼養的家貓領悟到自己的死期，就會在最後一刻來臨之前離開飼主的身邊。

「你說誰是我的飼主？」

結果希耶絲塔翻起白眼看向我。

接著感到不滿似地嘆了一口氣後……

「看來我中計了是吧？」

希耶絲塔仰望著高高聳立的巨樹小聲咕噥。

「我明明聽說《原初之種》的封印要被解開的說？」

那就是我做的事前準備之一。

假設我要說服希耶絲塔，也必須先把她本人找出來才行。但是就算我直接打電話給她說「我想再見一次面」肯定也一點意義都沒有，所以我想不是找希耶絲塔，而是**把名偵探叫出來**就行了。

既然現在夏凪還沒有正式上任，希耶絲塔就依然是《名偵探》，而她絕對不會丟下自己的工作。

因此我透過《巫女》米亞・惠特洛克將席德的封印將要被解除的**假預兆**告訴希耶絲塔，把她騙到這裡來。

「那只是說將來某一天或許有變成那樣的可能性而已啊。」

「換句話說，現在並沒有立即的危險性是嗎？」

「沒錯，而且它搞不好反而會成為對我們人類來說不可或缺的存在喔。」

我把昨晚才聽風靡小姐說過的事情告訴希耶絲塔。

「據說從那棵樹中好像觀測到現存週期表上不存在的未知元素。現在似乎正忙於分析的樣子。」

就是因為這樣，這塊區域才會被規定相關人士以外禁止出入。將《原初之種》封印的這棵大樹，今後不知道會對我們人類帶來什麼樣的影響。

「這樣呀。那就沒有我出場的必要了。」

真是太好了——希耶絲塔如此呢喃……準備為這段故事劃下句點。

「哪裡叫『太好了』？」

我把轉身準備離去的希耶絲塔叫住。

「妳想死嗎？」

聽到我從背後這麼質問，她就地停下腳步。

「在不久的將來，我會變成怪物。」

轉回頭的希耶絲塔，臉上帶著莫名寂寞的微笑。

「我身為《原初之種》的容器其實並不適任的可能性，在讀過以前寫下的《聖典》時我就已經察覺到了。沉眠於這個身體內的《種》有一天可能侵蝕我。」

「……也就是說和我旅行的那三年，妳都獨自一個人抱著那顆炸彈嗎？」

「我的《種》寄宿於心臟。或許就是因為這樣，我隱約可以知道自己的**時限**。

現在還沒有問題，但是那一天遲早會到來。」

希耶絲塔說著，把手放到自己的左胸。

「然後在不久的將來——我會變得無法看見總是在身邊的你，無法聽見你的聲音，連和你吵架的聲音都發不出來，把你的事情忘記。」

有一天，甚至把你殺掉。

所以說——希耶絲塔如此說著。即使在這樣的時候，她依然露出美麗的微笑。

「在那之前，我要從這個世界消失。」

那是根本不需要被我說中，我自己根本不希望說中的假說。

然而這項推理現在被希耶絲塔自身的發言證實。

「對於你們的心意，我真的很高興。」

希耶絲塔對保持沉默的我滔滔不絕地說著。

「雖然我只能想到這樣簡單的話語，不過我真的非常高興。你們會為了我生氣，會為了我哭泣。對，所以我想……我肯定是很幸福的人。」

希耶絲塔是個頭腦清楚、個性沉著的名偵探。因此她有時候會將理性優先於感情，把心化為無，只追求結果。正因為是那樣的她，讓我認為她告訴我的這些話肯定是毫無矯飾的真感情。

「妳不會後悔嗎？」

我明知這是多麼殘酷的問題，但依然如此詢問。

「如果是一年前，我或許會後悔吧。」

任由銀白色的秀髮隨風擺盪的希耶絲塔臉上微微露出苦笑。

「因為那時候我還有想要問你的事情。」

不過——她將頭髮撥到耳後說著。

「我現在知道你很重視我了。知道你在那三年間過得很愉快了。然後意外地又去過你家，跟你一起吃了披薩……接著和敵人戰鬥、一起搭飛機、解決事件、一起欣賞音樂劇，也擁抱過你。所以我了無遺憾。」

堅定表示的她，臉上看不出任何迷惘。

既然如此，我對她的回應就是——

「明明這樣，為什麼你還要阻止我？」

希耶絲塔冰冷的視線注視著**手中握槍的我**。

「很抱歉，我是個這麼不聽話的助手。」

我來到這裡是為了阻止妳。不是為了殺害，也不是為了傷害，而是為了讓她活下去，為了守護她，所以我把槍口舉向希耶絲塔。

「我有什麼必須當你對手的理由嗎？」

然而希耶絲塔卻不理會我的覺悟。

那也是當然的，畢竟特地出手應付我的造反行為對她來說根本沒有任何好處。

只要當我把槍放下，或是這段對話結束的時候，希耶絲塔想必就會真的永遠離開我們吧——但即便如此……

「妳逃也沒用。我就算要利用齋川家的財力，借助於夏露所屬的部隊，也會使盡一切手段追上妳。那怕是大地的盡頭、大海的深處還是一萬公尺的高空——我會追著妳到天涯海角。」

唯獨這份絕不放棄的執著，我自認不會輸給名偵探。

「所以你的意思是如果我嫌那樣很麻煩，就在這裡跟你交手？」

希耶絲塔盯著瞄準自己的槍口，察覺我的意圖。

「沒錯，所以就在這個戰場上決定一切。只要妳贏了，我就不會再干涉妳。」

「你跟我之間根本不成勝負吧？——更何況……」

然而希耶絲塔或許是看我不會真的開槍，轉身背對我。

「無論你或你的夥伴們如何追尋我，我絕對不會被你們找到。我會在沒有任何人的場所、沒有任何人的時間中，獨自一個人結束自己的故事。」

她用背影對我如此說道後，準備離去。

希耶絲塔身為名偵探的故事。那究竟是在她出生的同時就開始的，還是指六年前在那座設施與《原初之種》結下恩怨之後的事情……只是身為她助手的我，終究不知道真正的答案。

不過，對，我是希耶絲塔的助手。既然如此，我身為助手的故事又是從何時開始的？或者說，我和希耶絲塔兩人的故事是從哪裡開始的……唯有這點非常清楚。就是那一天。四年前的那一天。

「哦哦，原來如此。希耶絲塔，妳——」

因此現在我應該說的臺詞，從四年前就已經決定了。

「妳畏懼身為助手的我，所以用那種不需要真的交手就勝負已分之類的鬼話蒙混過去，然後強行以讓我輸掉遊戲的結果作收。也就是說——妳在害怕，對吧？」

聽到我這麼放話的瞬間，希耶絲塔立刻停下腳步。這段挑釁臺詞最初是什麼時候、誰講出口的，她自己不可能會忘記。

「你這傢伙，是笨蛋嗎？」

希耶絲塔還是用那句老話罵我。

不過那聲音在這片戰場上聽起來似乎有點愉快。

「你想挑釁我還早一千年呢。」

轉回身子的她手中握著一把小型手槍。

「這麼說來，我們好像從來沒有認真廝殺過吧？」

「是啊，雖然有過妳單方面差點把我殺死的事蹟啦。」

即便在這樣的狀況中……

不，想必正因為在這樣的狀況中，我和希耶絲塔都望著對方笑了。

「──好啦，那麼……」

然而就在下一瞬間，我們互相投以冰冷的視線。

「妳準備好了嗎，希耶絲塔？」

「那可是我要講的話喔，助手？」

在睥睨人類的巨樹底下，我和希耶絲塔舉槍對峙。

「我會阻止妳。」

「你阻止不了我的。」

這就是我和希耶絲塔之間最初也是最後的大吵架。

◆這份情感的名字

「那麼，我不客氣了。」

希耶絲塔這麼說罷，便忽然**消失**。

「……嗚！」

不過我比世界上任何人都清楚她有多強。那是希耶絲塔發揮了堪稱與瞬間移動同等級的飛快腳程。因此我故意把身體滾向莫名其妙的方向。緊接著下個瞬間，一發槍聲在我近處響起。

「果然只靠一槍沒辦法解決你呀。」

看來這次是我的賊運略勝一籌，讓我在地面翻滾的同時成功躲過了希耶絲塔的子彈。於是我順勢滾到一臺被棄置的巴士後面躲藏身體。

「妳稍微給我一點緩衝時間也不為過吧？」

「戰爭中可沒有叫『暫停』這種事。話說回來，這場戰鬥要怎麼樣才算我贏？」

「嗚！不要連這點都還沒確認就開槍好嗎……如果我認輸就算妳贏啦。」

「原來如此，那簡單講就是時間的問題了。不過照你的個性，總覺得應該會拖很久呢。」

希耶絲塔不但打從一開始就完全不考慮自己會輸的狀況，還順便透過言外之意罵我喜歡死纏爛打。

「很抱歉，今天我們的上下關係要逆轉了。」

我說著，從巴士後面開槍……但子彈卻被希耶絲塔用有如特技的跳躍動作閃開了。

「居然只瞄準腳部，真是溫柔呢。」

「應該說一下子就瞄準頭部的妳太奇怪了啦。」

「畢竟要是沒給個致命傷，你也不會認輸吧？」

我雖然和希耶絲塔開著這種戰場特有的黑色玩笑，但同時也躲在巴士後面調整呼吸、思考戰略。多虧兩週前與席德的戰鬥使得這地方凌亂得恰到好處，讓我像這樣可以輕易找到藏身之處。

「你以為你這副德行可以贏得了我嗎？」

「……！」

自己豎起死亡旗標的我忽然聽見名偵探的聲音從頭頂上傳來。不知何時來到巴士車頂上的希耶絲塔接著毫不猶豫地跳向地面，同時一腳踹開我的右手。我握在手中的槍於是當場掉落。

「……！至少我曾經一度確實超越過妳的意圖吧。」

我對掉下的手槍瞧也不瞧，暫時鑽進巴士底下躲避。

「那終究只是感情上的問題。現在你不靠實力贏過我就沒有任何意義。」

是啊，她這句話同樣令人無從反駁。但我也是在清楚這點之下幾經苦思，如今才站到這個戰場上。所以我更不能輕易退讓。

「……嗚！」

我從巴士底下確認希耶絲塔的腳，接著做好覺悟跳出車外，將收在槍套裡的另一把槍拔出來再度擊發……可是……

「……還真的差點就死啦。」

彷彿早已料到我會這麼做的希耶絲塔同樣射出子彈，緊貼著我臉旁飛過去。不，應該有削到短短幾公釐，讓我臉頰微微流出鮮血。

「你想死嗎？」

希耶絲塔裝傻似地愣著表情疑惑歪頭。

她還是一副游刃有餘的樣子啊。既然如此……

「這可是妳自己說的——這是戰爭啊。」

我也毫不猶豫地試著對希耶絲塔連續開槍。當然，這些子彈並沒有要殺死希耶絲塔的意思，畢竟那樣就本末倒置了。換言之，我的攻擊是成立於「希耶絲塔應該可以躲過」的信賴之上。不過只要在那過程中，就像剛才她的子彈削到我的臉頰一樣，至少有一發子彈稍微擦到希耶絲塔的身體——

「原來如此。」

希耶絲塔發揮有如動作片演員的誇張動作閃開彈雨，接著就像腳下有彈跳床似地高高跳躍，降落在距離地面好幾公尺高的瓦礫堆上。然後面無表情地睥睨下方的我……

「你的那些子彈**裝了麻醉藥是嗎？**」

竟不偏不倚地看穿了我的作戰計畫。

「……！」

「你還是老樣子，想到什麼都會寫到臉上。」

稍微鍛鍊一下撲克臉會比較好喔——希耶絲塔說著這種多餘的建議，同時又躲過我繼續射出的子彈，跳落到地面。

「也就是說你的勝利條件並非殺死我。你的目的終究只是讓我暫時無法動彈而已。」

……看來我一直焦急而胡亂開槍的行為讓她察覺我的企圖了。但即便如此……

「沒錯，我使用的每一項武器都有塗藥。而且是只要有 0.01mg 進入體內，哪怕是非洲象還是藍鯨都會停止動作的玩意。換句話說，**只要有一發子彈削到妳就是我**

贏了。」

致命傷自然不用說，甚至連一點擦碰傷都不允許的限制。這樣的規則在戰鬥中想必會成為巨大的心理壓力。雖然我的企圖被抓包了，但我依然可以反過來利用這點。

「你這種程度的攻擊，我從一開始就連被削到一公釐的打算都沒有。」

然而就在下個瞬間，我忽然感受到背後有人。當我發現那就是希耶絲塔的時候，她已經再度舉腳踢起我的右臂，把我手中的槍踹飛到遠處。

「……嗚！才剛囂張完右手就廢了……」

我立刻從懷中拔出短刀握在左手，正面朝向希耶絲塔。

「也就是說，那把刀上同樣塗了麻醉藥嗎？」

接著飛到我眼前的，是希耶絲塔握在手中的一支原子筆。我用短刀把它擋開，但希耶絲塔強勁的迴旋踢這次擊中了我的腹部。

「……！……吁。」

呼吸停止的同時，我的身體依循物理法則在柏油路上滾動。不用說，全身上下當然都痛得要命。然而我依然用死纏爛打的精神蓋過痛覺，把手伸向剛才掉到地上的手槍——

「好，現在你已經死了。」

與此同時……不，比我早一瞬間舉槍完成的希耶絲塔用聲音讓我停下了動作。我緩緩抬起頭，看見希耶絲塔握在左手的槍正用槍口指著我。

「現在我只要扣下扳機你就死了，**但我沒有那麼做**。我想你應該不是連這代表什麼意義都無法明白的笨蛋吧？」

希耶絲塔慢慢瞇起她的碧眸。就像我以四年前那場劫機事件為藍本開始了這場大吵架一樣，希耶絲塔也有如重現當時她制伏蝙蝠的那一幕要我認輸。

「……妳明明有事沒事就罵我笨蛋，到最後卻講那種話。」

不過希耶絲塔說得沒錯。如果不想痛，如果不想受致命傷，我應該現在就識相投降。然而看著用左手舉槍瞄準我的希耶絲塔，我腦中頓時閃過以前和她之間的對話。

那是平凡生活中的一幕日常情景。一如往常缺錢的我們，在異國的廉價公寓中圍著餐桌吃飯。對於跟大多數日本人一樣用右手拿筷子夾菜的希耶絲塔，這天我不經意問道：

『希耶絲塔，原來妳不是左撇子啊？』

聽到我這句事到如今才提出的疑問，希耶絲塔當場感到奇怪地歪頭。她會疑惑也是當然的，畢竟她一直都是這樣吃飯，在戰場上也都用右手握槍。但我之所以會誤以為她是左撇子，是因為她總是用左手帶著我遊歷世界。

——出發旅行吧。希耶絲塔每次都會這麼說，並且向我伸出左手，臉上浮現一億分的笑容。因此我在不知不覺間產生了這樣的誤會。

『你這傢伙，是笨蛋嗎？』

希耶絲塔一如往常地罵我。

『我拿槍的手是右手呀。』

『要這樣舉例應該講拿筷子的手吧？』

我們如此互開玩笑後，希耶絲塔卻不知為何滿面微笑地說道：

『所以今後我也永遠只會向你伸出左手。』

希耶絲塔這樣的個人哲學，我聽得似懂非懂。如果真要說明，那肯定會淪落為陳腐的東西。但只要將答案深藏心底，我今後也能繼續對她伸出的左手伸出自己的手回應。因此我那天並沒有要求希耶絲塔進一步說明。

然而此刻唯一明白的是，希耶絲塔用她本來應該伸向我的左手握著槍站在戰場上。若借用她講的話——我並不是連這代表什麼意義都無法明白的笨蛋。

「……是啊，妳說得對。是我輸了。」

被希耶絲塔用槍口瞄準，跪在地上的我很沒出息地認輸了。

——不過……

「所以最後可以聽我說一件事嗎？」

在沒有任何遮蔽物的全向交叉路口中央。

我為了表明自己沒有抵抗的意思，舉起雙手緩緩站起來。

「你要乞求饒命？」

「不要對已經認輸的人還想奪命啊。」

我看見希耶絲塔依然眼神嚇人的模樣，不禁嘆了一口氣。

「不是那樣。我只是想說我好像還沒回答妳的疑問……為什麼我要出面阻止妳？」

那是這場戰鬥開打之前，希耶絲塔問過我的話。為什麼我不讓遲早會變成怪物的她尋死？為什麼要追著她到天涯海角，繼續跟她扯上關係？對於這個疑問，浮現我腦中的答案實在太過於理所當然。但也正因為如此，我沒有開口告訴希耶絲塔。

現在回想起來，我們之間一直都是這樣。總是互相不把最重要的事情告訴對方，卻以為彼此心靈相通，結果老是不自覺間出現分歧。相信「羈絆」這種根本看不見的東西……不，那確實是把我們兩人聯繫起來沒錯，但我們在不知不覺間變得過於仰賴那東西。

我們之間肯定存在羈絆，可是我們從來沒有將它化為言語互相確認。因為我們總是認為沒有那種必要，認為只要在槍戰中把自己的背後交給對方就能傳達那份想法。

「心意能夠超越言語表達——這樣講確實很好聽啦。」

我毫不畏懼朝向自己的槍口，一步、又一步地走向希耶絲塔。

「！你做什……」

希耶絲塔大概無法明白我的意圖，左手變得更用力握槍。

「我只是想要用實際行動向妳證明，有些事情不靠話語講出來是無法傳達的。」

明明有長達三年的時間。明明彼此鬥嘴抬槓過那麼多次。

但是看來我們在這個道理上有點太過懶散了。

「我為什麼希望讓妳重新活過來？為什麼對那樣充滿麻煩事的三年間感到愉快？那種問題，只會有一個答案吧？」

就連這麼單純的一句話，我都沒有對她說過。因為我總覺得只要講出口，當場就會變得陳腐。

「因為我喜歡妳啊。」

我站在希耶絲塔眼前這麼說道，結果她驚訝得睜大碧藍色的眼眸。

這感情究竟是所謂的戀情、親情還是博愛情懷，我並不打算多加說明。我自己本身都還無法為這份感情定義名稱。但即便如此，我在那三年間一直懷抱於心中，至今依然沒變的這個感情，若要找個最簡單明瞭的言語形容，就是這個了。

「那還、該怎麼說、真是意外呢。」

希耶絲塔恐怕是在不自覺中把槍放下，用呆傻的聲音如此呢喃。

「這種事情妳到現在都沒發現嗎？虧妳是個名偵探。」

「……問題在於你的傲嬌等級簡直脫離常軌吧？」

我們互相如此鬥嘴，接著兩人都揚起嘴角。

因此我想這次的話語肯定有傳達到她心中。

「──但是……」

然而就在這時，希耶絲塔的眼眸深處再度燃起青藍烈焰。

「有些問題光靠感情是無法解決的。」

槍聲響起。從她槍口射出的子彈緊貼著我臉頰旁邊飛過。

「你應該也很清楚。現在的我不會因為光聽到你的告白就被說服。」

「我並沒有告白的意思啊？」

「哦哦，這樣呀。原來是求婚。」

為什麼只有那兩種選項啦？我不禁苦笑，再度乖乖舉起雙手。說到底，我剛才已經認輸，手中也沒有武器，因此根本沒有抵抗她的餘地。

「我果然還是敵不過妳。」

但那種事情，我打從一開始就知道了——所以……

「接下來，就讓**我們**來挑戰妳吧。」

霎時，伴隨震耳欲聾的爆炸聲響，一股黑煙升起。

「嗚！手榴彈……！」

希耶絲塔察覺有人闖入戰場，立刻朝後方大幅跳開，遠離原地。

但是一名少女穿破黑煙衝入戰場，追上了希耶絲塔。

「對於至今百般照顧過自己的女僕，竟然連最後一面都不見，請問您會不會有點太過無情了？」

任強風甩盪著銀白色的秀髮，手握西洋刺劍的那名女僕對主人造反了——然後……

『夏露小姐，就是現在！』

從我胸前口袋中的手機發出少女的聲音傳遍戰場。接著是竄入耳中的槍響。那是從遠處的大樓屋頂上，一名特務狙擊名偵探的聲音。

「……！原來是、這樣嗎？」

飛來的麻醉彈在千鈞一髮之際被希耶絲塔閃過，射進柏油路面。不過希耶絲塔還是對於我……對於我們的企圖感到不滿地蹙起眉頭。

「抱歉啦，希耶絲塔。從現在開始才是真正的最終決戰。」

直到拯救名偵探為止，我們的意志絕不會停止。

◆某位少年的回想

「你為何會這麼不擅長配合別人的步調？」

在一條暮色低垂的小巷中，快步走在我前方的希耶絲塔透過背影對我嘆了一口氣。若說到走路速度，無法配合別人步調的缺點應該是彼此彼此才對……但希耶絲塔在講的想必不是這點。

我們剛結束一場**失敗**的任務，現在正走在歸途上。至於失敗的理由只有一個，就是我和參加這次作戰的夏洛特·有坂·安德森之間的配合度可說是差到絕望的地步。就算斥責我們到底要重蹈覆轍多少次，只要根本的原因沒有獲得解決，這個狀況就不可能有改變。

「畢竟我從以前就沒有和誰並肩走路的經驗，如今忽然叫我配合別人的步調，對我來說難度也太高啦。」

大約一年前被希耶絲塔帶出來踏上這段世界旅行之前……或許該說很遺憾的是，我從來沒有結交過任何一位可以稱得上朋友的存在。原因就在於我這個與生俱來容易被捲入麻煩事的體質。為了避免遭殃，周圍的人們總是會離我遠遠的。我就這麼不知不覺間過了十五年的歲月。

「你願意讓自己繼續這樣下去嗎？」

「這跟我的想法沒有關係。」

雖然我講得很篤定，但其實過去我也曾好幾度想要做些改變。不，即使到了十五歲的現在，我依然偶爾會感嘆自己難道沒辦法再活得更像樣一點嗎？然而只要這個體質還在，我就無法站在誰的身邊，誰也無法跟我走在一起。

「哎呀，反正我也習慣了。」

我這麼苦笑著，把腳踏在柏油路上。別說是朋友了，我打從出生開始就連父母都沒有。因此我從小就學會了獨自一個人活下去的方法。

「但有時候光靠一個人是無能為力的。像今天的狀況就是。」

希耶絲塔透過背影說著這種彷彿在勸我快點結交夥伴的發言。我今天由於始終無法和夏露配合步調，甚至差點被敵人的子彈擊中。不過最終是希耶絲塔救了我一命。

「我也可能有一天離開你身邊好嗎？」

……明明是自己把我帶來旅行的，這女人忽然講這什麼不負責任的話？

「話雖這麼說，但我假如結交了夥伴，反而會有讓對方遇上危險的可能性吧？」

考慮到我的體質，甚至可以說那種可能性非常高。君塚君彥就是生來帶著這種命運的男人。這與其說是放棄，不如說是一種領悟。我不需要什麼並肩走在一起的夥伴。

「你要去哪裡？」

我回過神發現，希耶絲塔的聲音從背後傳來。

「你這傢伙，是笨蛋嗎？」

接著，那聲音又來到我左邊。

「跟誰並肩站立，其實就是這麼簡單的事情呀。」

西下的夕陽渲染路面，兩道黑色的影子延伸在一片橘紅色中。

「當然我既非你的情人，肯定也不是朋友。甚至連稱作夥伴都不曉得是否適切。」

不過——希耶絲塔面朝前方說著。

「此刻我就站在你的身旁。」

橙紅色的陽光照耀在銀白色的秀髮上。我忍不住偷瞄希耶絲塔的側臉，看見她表情凜然，同時也比任何名畫或雕刻作品還要美麗。

「總有一天，你也能結交到夥伴的。」

希耶絲塔接著轉向身旁的我，露出柔和的笑容。

「然後你們肯定能夠攜手合作達成什麼目標。」

……這很難講，我是一點都無法想像。或者畢竟是體質如此特殊的我，假設真的就像希耶絲塔所說讓我結交到什麼夥伴，搞不好也是一群怪咖吧。

「哎呀，如果有一天真的如此，我會介紹給妳認識啦。」

「嗯，我很期待喔。」

我們有如要踩踏延伸的影子般，在黃昏的小巷中再度往前走去。

◆告知一萬公尺高空的誓約空砲

手榴彈的爆炸使得戰場上黑煙瀰漫。在那樣一片景象中，一名少女正任由身上的女僕裝隨風飄舞，跳躍到半空中。

「就拜託妳了，諾契絲。」

我壓著已經派不上用場的右手臂，暫時躲到瓦礫堆後面。

「原來如此。這就是你現在的夥伴們。」

然而在我躲起來之前——希耶絲塔的碧眸透過被風吹盪的黑煙縫隙間，一瞬間捕捉到我的身影。

不想讓希耶絲塔死——這是**我們所有人的共識**。假如所謂夥伴的定義是懷抱相同心願與目的的一群人，那麼現在單手握劍急馳於戰場上的那名少女，毫無疑問是我的夥伴之一。

「話說回來，真沒想到連妳也會跟著舉旗造反呢。」

對於那樣的諾契絲，希耶絲塔準備舉槍應戰……的瞬間，來自遠方的狙擊將她手中的武器擊飛了。

「夏洛特，唯，妳們也是。」

希耶絲塔朝子彈飛來方向的大樓瞥了一眼，但立刻又把視線放回現在必須應付的對手身上。

「諾契絲，我記得妳應該沒有被設計成戰鬥用才對吧？」

一邊閃避著單手劍的突刺，希耶絲塔一邊對自己原本的女僕表示不滿。

「是的，也就是說我預料到這樣的可能性，對您撒了個謊。」

「意思是說妳為了讓我鬆懈，從兩個禮拜前就埋下伏筆？那還真是準備周到。」

一派輕鬆地如此回應的希耶絲塔，想必沒有把諾契絲說的話當真吧。她應該也有察覺到這是再次藉助於某位《發明家》的成果。

「在事件發生之前就要做好解決事件的準備——這是我原本主人的教誨呀。」

即便如此，諾契絲依然壓低身子重新把劍架起來，一口氣縮短雙方距離。

「那把劍上應該也有塗藥吧？」

對，沒錯。只要那把劍稍微削到希耶絲塔的那瞬間，這場戰鬥就是我們獲勝了。

「……嗚！比起身為機器人的我，主人才叫開外掛吧？」

然而就在這時，希耶絲塔再度從懷中掏出原子筆，大幅彈開諾契絲的單手劍。

「是嗎？但人家不是也常說筆墨勝於刀劍嗎？」

「……真是個愛扯淡的主人。」

諾契絲接著把武器換成兩把手槍。俐落地左右開弓射出的兩發子彈精準捕捉到站在地上的目標……卻沒擊中。

很可惜，現在的對手是希耶絲塔。

「——接下來你們的攻擊沒有一招會對我管用。」

希耶絲塔往地面一蹬，用有如背向式跳高的動作跳到半空中，望著從她下方劃破虛空的子彈。

「既然這樣，只要持續攻擊到管用就行了。」

諾契絲抱著絕不停止攻擊的氣勢連續開槍。從她的女僕裝底下無窮無盡地變出各種重武裝。我看著那樣的戰況，思考著自己也應該再做些什麼，因此嘗試移動位置。

「比耐性嗎？真是一點也不理智呢。」

希耶絲塔則是精準無比地持續躲開諾契絲射出的子彈。腳蹬柏油路，奔馳在建築物外牆上，沿著屋頂跳向高空，最後抵達高架鐵路上。由於之前與《原初之種》的一戰使得這地方到處都是荊棘藤蔓，無人的高架鐵道上現在並沒有電車通行。

「不會讓您逃走的。」

諾契絲見到那一幕，自己也踏著被棄置現場的車輛或電線杆，追在希耶絲塔後面。

「……完全不把我放在眼裡了嘛。」

不過這對我來說也是好機會。畢竟我再怎麼拚也沒辦法像她們那樣以最短路徑上去高架鐵道。因此我在空無一人的荒廢街道上跑了幾分鐘，好不容易抵達車站。

飛越無人的驗票閘門，無暇喘息便接著衝上樓梯，跌跌撞撞奔到月臺的盡頭。然後在模糊的視野中望向鐵軌遠方——映入我眼簾的，是被希耶絲塔舉槍瞄準並單腳跪在地上的諾契絲。她恐怕是被希耶絲塔搶走了武器，跪在原地無法動彈。

『夏露小姐！風停了！』

霎時——一名偶像的聲音從諾契絲掉落在地上的無線耳機傳出來。緊接著不知從何處飛來的子彈削過希耶絲塔的腳邊。

那是遠在幾百公尺處的大樓上一名狙擊手開的槍。只要利用齋川唯的《左眼》觀察風的動靜，夏洛特・有坂・安德森的狙擊精準度就能進一步提升。

寄宿於齋川體內的《種》，確實應該在上次的戰鬥中已經被席德回收了才對，然而唯獨她左眼的能力卻沒有消失。簡直有如席德只把藍寶石之眼留在這個世界一樣。

接下來只要來自她們的聯手攻擊形成壓力，迫使希耶絲塔變得動作遲鈍——

「——第二次。那個攻擊也對我不管用了。」

然而我們的期待瞬間瓦解了。希耶絲塔首先把正前方的諾契絲一腳踹開後立刻往後轉身，把槍口舉向**從她背後接近的金髮特務**。

「……！大小姐對於我出現在這裡一點都不驚訝呢。」

手握匕首的夏露頓時停止動作。

若考慮到夏露剛剛才從遠處的大樓上發動狙擊，應該不可能預料到她本人竟會只靠手腳這麼快就爬到高架鐵道上來才對。然而希耶絲塔卻……

「我知道助手和諾契絲一直**故意讓我聽到唯的聲音**。換言之，聽起來像唯對夏露發出的那些指示全部都是假的。其實夏露始終都潛伏在近處等待機會。」

——被發現了。

在槍口瞄準下，夏露咬起嘴唇把手中的匕首丟到地上。

「沒想到連妳也會反抗我呢。」

「畢竟做徒弟的總有一天要超越師父呀。」

剎那間，伴隨不知第幾聲槍響，一發子彈又削過希耶絲塔腳邊。

「真虧她只靠《左眼》就達到這樣的準度。」

擊中鐵軌的子彈發出響亮的金屬聲響，一瞬間引開希耶絲塔的注意力。夏露趁機朝後方拉開距離，同時從槍套拔槍瞄準希耶絲塔。

「妳以為靠快槍術可以贏過我？」

希耶絲塔同樣伸直右手架起手槍。

「……的確。現在的我可能還沒辦法贏過大小姐。」

但是——夏露的聲音中流露出好勝心。

「如果靠**我們**，或許就能超越妳了。」

這句話就是暗號。

「正常來想，會把這種任務交給沒有駕照的人嗎？」

我跨上事前準備好的機車，歪頭抱怨的同時油門一催，隨著引擎發出的轟響落到月臺下方的鐵路上。然後……

「……！為什麼那會在你手上！」

夏露朝鐵路邊翻滾避開，取而代之衝進希耶絲塔視野中的，是我架起《名偵探》愛用的那把滑膛槍騎車飛馳的身影。

「……我可不記得我把那個送給你了喔。」

「是啊，所以我只是拿來還給妳而已。」

從四年前的那一天開始，將這把槍交給妳就是我身為偵探助手的工作。

「不過在那之前……」

目標約在前方二十公尺處。

我只靠雙腳踏住機車，用空出來的雙手擊發滑膛槍。

「原來如此，這攻擊的確出乎我的預料。」

不過——希耶絲塔說著，一雙碧眸看向騎車急馳在無人鐵路上的我。

「——第三次。我本來就相信你們會攜手合作。」

她就這麼扣下左手中那把槍的扳機。我們彼此射出的子彈以取線穿針般的精準度「磅！」一聲在空中互相抵銷了。

與此同時，我騎乘的機車已經逼近到希耶絲塔眼前。再這樣下去要是撞到希耶絲塔……

「……可惡！」

我把龍頭一轉，將體重徹底往右方傾斜，試圖避開與希耶絲塔衝撞。結果我的身體就必然被甩到空中——

「你這傢伙，是笨蛋嗎？」

我似乎聽到了這樣的聲音，簡直就像在責備我這樣亂來的行動。然後短短一瞬間，我有種全身懸浮靜止在半空中的感覺。

「……痛啊！」

但緊接著我的身體就摔落在鐵道上。有如激烈鞭笞的劇痛傳遍全身上下。即便如此，在這戰場上依然沒有時間讓我痛苦哀號或調整呼吸。我立刻從砂礫中把頭抬起來確認戰況——見到的景象是……

「這裡是戰場呀，夏洛特。」

「——嗚！」

希耶絲塔射出的子彈擦過夏露的右肩。對於在戰場上賭命戰鬥的特務來說，那一發子彈想必是無法欠缺的一種禮儀吧。

「……還沒。我和大小姐還沒……」

然而夏洛特又再度站了起來。即使從肩膀流著血，特務依然為了糾正師父的錯誤而握起槍。見到徒弟那個模樣，希耶絲塔的槍口遲疑了一瞬間。那是在思考應該射擊什麼部位才能確實阻止目標行動嗎？還是——

「……！夏露小姐！」

就在這時，一名少女的身影忽然介入其中。是直到剛才都只能透過通話聽見的偶像聲音。但現在那聲音卻從十公尺近處直接傳來。

「——第四次。那份奉獻精神我也很清楚。」

希耶絲塔嘆了一口氣如此呢喃。

槍聲與彈著的時間點。希耶絲塔大概是藉由那個時差察覺到狙擊手從剛開始的位置逐漸接近的事情吧。面對手中握著槍，擋在負傷的夏露面前保護著她的齋川，希耶絲塔同樣舉槍對峙。

「休想得逞。」

就在這時，如疾風般介入其中的諾契絲一腳踢起希耶絲塔的右手，握在希耶絲塔手中的槍就這麼飛向高空。

「很抱歉，但妳來得剛好。」

然而希耶絲塔卻不為所動地踹出一腳，再度擊中諾契絲的腹部。

「——嗚！」

短促的叫聲不知是誰的聲音。與諾契絲重疊在一直線上的齋川與夏露都一起被撞飛，三個人滾落在鐵路的砂礫上。這下阻擋在希耶絲塔面前的人全部清空了。

「——結束了嗎？」

她閉起眼睛，緩緩深呼吸。花了好長一段時間後，才又再度睜開眼皮。注視我們的那對碧藍眼眸中看不出任何感情。換言之，站在那裡的是一如往常的名偵探。

「還在沉睡的渚沒辦法過來這裡。那麼接下來是巫女或者暗殺者嗎……還是吸血鬼？但不管是誰來，我都不會輸的。」

希耶絲塔說著，用左手撿起我剛才掉落在鐵路上的滑膛槍，高高舉向天空開槍。

「為了守護世界，我會殺死自己。為了殺死自己，我要打倒你們。然後藉由打倒你們，來保護你們。這就是我——身為《名偵探》真正的最後工作。」

那是守護世界的《調律者》希耶絲塔身為正義使者的宣誓。為了阻止沉眠於她體內的《毀滅世界之種》萌芽，希耶絲塔試圖親手結束自己的故事。

「因此對我來說，你就是最後的敵人了——君塚君彥。」

希耶絲塔如此宣告後，架起滑膛槍——瞄準重新站起來的我。

「唉，第一次聽到妳叫我的名字竟然是在這樣的狀況中啊。」

我不禁苦笑，同樣把槍舉向希耶絲塔。

然而完美無缺的名偵探這次卻難得犯錯了。她剛才那段宣誓中，有兩個地方必須訂正。首先第一個是……

「……你的夥伴們真的是不懂得記取教訓呢。」

希耶絲塔對在她背後站起來的三個人影無奈嘆氣。

對，不只是我。在場還沒有任何一個人放棄阻止希耶絲塔。

然後她的誤會還有一點。

「希耶絲塔，我們不會讓妳完成最後的工作。」

我已經看見勝算了。

◇某位少女的回想

「然後呢？你究竟要跟什麼樣的對象合作才會順利？」

在一間露天咖啡廳，我品味著紅茶的同時如此詢問助手。

今天他在一項任務中犯錯失敗，因此我們在回程路上開了一場反省會——而現在是延長戰。我以讓助手結交夥伴為目標，再度提起了這個話題。

「妳是說我跟什麼類型的人才能融洽相處嗎……」

坐在我對面的助手露出意外認真的表情思考後回答：

「對於我不行的部分，也都能用寬大溫柔的心腸全部包容的姊姊類型吧。」

「那不是夥伴，而是你喜歡的女性類型吧？」

受不了，人家可是在講很認真的事情呀。

「而且照你講的那個特徵，完全就是指我了嘛。」

「鬼扯，妳根本完全相反。」

我明明沒有開玩笑的意思，卻當場被他吐槽。這孩子真是教人難以理解。

「話說妳從剛才就一直在問我那種事情，那妳自己又是如何？」

在講別人之前倒是妳有夥伴嗎——這次換成助手如此回問我了。在我腦中除了夏露自然不用說，當場也浮現其他幾名人物。例如住在鐘塔高處的巫女。其他像是紅髮的女刑警，不過那與其說是夥伴，或許叫同志比較適切吧。

另外……總覺得應該還有更多人才對。在遙遠的過去，我確實曾經有過幾位稱作夥伴的對象。但不知為何記憶有如蒙上一層濃霧，彷彿被誰蓋上了蓋子般……明明確實存在才對，現在的我卻想不起她們的長相與名字。

「……所以我才會變得對你這麼囉嗦嗎？」

就因為我失去了那些記憶，而想要讓助手取而代之成為我的夥伴嗎……

「說到底，什麼朋友或是夥伴的，根本不曉得要怎麼定義啊。」

助手大概沒聽見我的自言自語，接著又說出這樣一句有如自以為萬能的中學生會講的發言。雖然說，如果是正常狀況下，他這個年紀確實應該在中學唸書就是了。

「在某些狀況下會比起自己更尊重對方……不，希望尊重對方。那樣的關係就叫朋友，就叫夥伴不是嗎？」

當然這並沒有什麼明確的基準，但我覺得有時候也要嘗試將那樣無形的東西化為言語。

「既然這樣講，果然我和妳之間也是那樣的關係囉？」

他這句出乎預料的發言，讓我伸向茶杯的手頓時停住。

「……就像今天，我因為無法跟夏露配合步調而差點被子彈擊中的時候，妳就挺身保護了我。那換言之，就是妳對於我的事情……呃、該怎麼說……」

助手莫名露出彷彿各種複雜感情交錯的表情，看向我包紮著繃帶的左肩。這種程度的傷，對我而言根本不算什麼地說。

「我會保護你是因為契約呀。」

這是大約一年前我們之間的約定——我會保護助手。我就是以此為條件將他帶上這趟旅程的。因此當助手遇上危險的時候，挺身保護他是我理所當然的工作……

「話雖這麼講，但今天妳的表情也看起來莫名慌張啊。」

然而不知為何，助手卻像是發現什麼有趣的事實般注視著我。

「這麼說來，當我真的遇上危機的時候，妳好像經常會抓狂的樣子。」

「————嗚！」

區區助手竟然這麼囂張。我只是、只是——

「唉……」

鼓不起勁反駁的我，深深嘆了一口氣代替回應。對我來說，最重要的事情是守護委託人的利益，只要能做到這點我就滿足了。

「話說真是稀奇，你今天怎麼沒點咖啡呢？」

我忽然對這點感到在意……或者應該說我想要改變話題而如此詢問。助手多半都會點熱咖啡來喝，可是今天卻跟我一樣喝著紅茶。

「我只是今天心血來潮想喝紅茶而已。」

「——這樣呀。」

就這樣，我們坐在露天座喝著同樣的紅茶，眺望著同樣的夕陽。

◇這就是我的「活著」

「希耶絲塔，我們不會讓妳完成最後的工作。」

在一路接連至遠方的高架鐵路上，助手如此說著並把槍口舉向我。接著其他三人也跟隨他將我包圍起來。四個人各自站在對角線上的陣形，簡直就像在主張絕不讓我逃走一樣。

「……你們這些傢伙，是笨蛋嗎？」

就算你們做這種事情，實現了你們的心願，隨之而來的結局也只有我被《種》侵蝕而墮落為怪物的未來。沒有任何手段能夠阻止它發生呀。

「讓自己從世界上消失——這就是我能做到的最後一份工作。為什麼你們不能明白？」

這是我最後的工作，但它其實本來早該完成了。也就是一年前，以我的死為代價封印了海拉的那件事。然後將我的遺志託付給助手、渚、唯與夏露……並且透過諾契絲，讓他們從自身的問題與詛咒中獲得解脫。在這些目標達成的時候，我的工作就應該已經完成了。

可是助手和渚卻顛覆了我那樣計畫好的結局。這使得世界出現各種混亂，導致渚成為了扭曲下的犧牲。即便如此，本來在我最後的工作中應該已經封印的海拉，還是打倒《原初之種》，讓巫女編撰的《聖典》……讓這一段故事以新的形式落幕。

因此現在我還在舞臺上的這個狀況終究只是延長戰。不，是畫蛇添足，是本來沒有必要描述的終章……但既然我還站在戰場上，手中還握著這把槍……

「我絕不會讓工作半途而廢。即使賭上自己的性命，我也要完成身為名偵探的責任。」

好幾發槍聲響起。這次真的是最後一戰開始了。

「——槍彈的速度，我從四年前就已經看膩了。」

即便是從四面飛來的彈丸，只要以分毫單位的層級掌握槍口角度，人還是能夠超越槍的速度。我甩開那幾發最終射向虛空與砂礫的子彈，隨著風一同急馳。

敵人有四名，然而全都已經負傷。只要一一對付就不會有問題。至於第一個目標，雖然很抱歉——

「齋川唯，妳的《左眼》太麻煩了。」

「……！」

那眼睛的動態視力已經達到常人無法抵達的等級，在戰場上可說是比任何火力的重武裝都來得有用。因此我為了首先削弱那份戰力，衝向露出驚訝表情的唯。

當然我沒有要殺死她的意思，也沒有傷害那碧藍眼睛的打算。我現在舉起的這把滑膛槍是助手帶來的東西，換言之裡面裝的應該是麻醉彈……不，他搞不好有設想到被我搶走的狀況，因此也可能只有第一發是麻醉彈。我首先只能嘗試了。就讓子彈只削到唯短短幾公釐，假如運氣好一點或許就能讓她稍微睡一下。我以最快的速度如此思考後，對勾在扳機上的手指注入力氣——

「——！」

剛好就在這時，夏露穿過唯的背後。照這個角度我的子彈會擊中後面的夏露……而且還是頭部。如果是肩膀就算了，但頭部可能會造成致命傷。

「……真是一點也不像夏露。」

我對誤判戰況的徒弟如此抱怨，並暫時壓低武器拉開距離。

「希耶絲塔大人，這裡可是戰場，應該是拿性命比拚的地方吧？」

忽然感受到銳利殺氣的我趕緊扭身閃避，結果諾契絲的劍劃過了我原本所在的位置。萬一被塗有麻醉藥的那把劍稍微削到，這場遊戲就當場結束了。這樣的多般束縛雖然讓我不禁感到火大，但我還是立刻把槍舉向諾契絲。畢竟她的身體是機械製成，在某種程度上不管攻擊哪個部位都沒問題。因此我這次放心地——

「諾契絲……！」

這時，助手為了保護諾契絲而衝到她的前方。

「……嗚！你這傢伙是笨蛋嗎！」

我靠著千鈞一髮之際的判斷讓子彈射向虛空。既然無法知道助手會做出什麼出乎我預料的行動，要是擊中的位置不好，同樣會有造成致命傷的可能性。

「……你還是老樣子，直覺這麼差。」

拿最近的例子來說，就像在郵輪上與變色龍的那一戰。當時助手也是跑錯位置，讓敵人的攻擊都朝他而去。明明不管怎麼想都應該是我……以這次的狀況來說應該是諾契絲比較適合承受敵人攻擊地說。

「……原來是、這麼回事嗎？」

霎時，某種不好的預感閃過我腦海。與此同時，一發子彈以近距離飛過我眼前。

「對不起，夏露小姐，希耶絲塔小姐好像比原本預料的還早發現了。」

「是呀，畢竟她可是我最初也是最後——一輩子尊敬的師父嘛。」

在幾公尺前方，夏露帶著得意的微笑再度把槍口舉向我。

「不避開可是會被擊中喔？」

我很快就理解她這句話不是對我講的。

「嗯，不過我想應該沒問題。」

「——嗚！」

槍聲「磅！」地響起的同時，我一把抓住站在我背後的助手胸襟，跟他一起倒下身體躲開夏露擊發的子彈。

「畢竟希耶絲塔會像這樣救我啊。」

背部倒在地面上的助手露出微笑，起身再度對我舉槍。

「你們這些傢伙，是笨蛋嗎……！」

我轉身環視現在為敵的四個人。

「……這就是你們為了把我逼到絕境的最後策略？」

當我要攻擊誰的時候，其他人就會介入保護，可是當自己的攻擊可能傷到夥伴的時候卻又毫不猶豫地扣下扳機，簡直是充滿矛盾的愚蠢策略。乍看之下讓人搞不懂他們究竟是想保護夥伴，還是把阻止我視為不惜犧牲一切的最優先目標。然而假如有個能夠解釋這項矛盾的答案，那就是——

「沒錯，希耶絲塔。**妳絕對沒辦法殺害我們**。」

霎時，諾契絲擊出的子彈射向我……以及站在我後方的助手。

「……嗚！」

我舉起滑膛槍橫向一掃把子彈彈開，但同時又換成唯手中的手槍瞄準了我以及對角線上的夏露。

「我就說……！」

簡直連講話的時間都沒有。就在唯開槍的同時我也扣下扳機，利用自己的子彈碰撞將飛向夏露的彈道偏開。

——沒錯，我明明自己嘴上講著這是戰爭，卻在戰鬥中一直注意不讓他們喪命。戰場上來來去去的大量子彈，遲早會對他們造成致命傷。而我的本能從剛才就努力在避免那樣的事情發生。但是那四個人卻反過來利用我的猶豫心理，故意讓自己遭遇危險狀況導致我動搖，限制我的行動。

「妳是個在攻擊不習慣戰鬥的齋川時表現得特別猶豫，而且當我摔車的時候也忍不住救了我一把的老好人。無法殺害夥伴是妳的強處，同時也是唯一的弱點。」

……假如是以前的我，絕不會在這種時候猶豫。過去的我總是把完成自己工作放在第一，深信藉由如此能夠讓最多人得到幸福。而我也自負透過這樣的信念，一路來守護了許多委託人的利益。

正因為如此，當時的我認為像這樣的猶豫是一種「天真」。可是對某些人來說那叫作「溫柔」，對另一些人來說那甚至是「激情」。而我在不知不覺間明白了這些事情。所以現在我的心臟會跳得如此激動的原因，就在那份猶豫——就在我此刻的心中。

「……真是狡猾的作戰計畫。你們都不覺得這是在踐踏生命嗎？」

「歸根究柢，這是一場賭上大小姐性命的勝負——既然如此，要是我們沒有跟著賭上自己的命就太失禮啦。」

夏露身為一名特務如此毅然表示。畢竟我剛才也基於類似的理由一度攻擊過她的肩膀，因此實在無言反駁。既然這樣，我現在能做的就是——

「不會讓妳逃走的！」

唯的《左眼》看穿了我接下來打算做出的行動。就在我準備跳躍離開這條高架鐵路的下個瞬間——「轟隆！」一聲突如其來的巨大爆炸聲響讓我一瞬間分心。緊接著從腳下傳來激烈震動，有如地震般的聲響持續。腳踏的地面轉眼間崩塌。

「……！是炸藥。」

或許是諾契絲預先裝設好的吧。但我現在沒有餘力確認這點，也沒有那麼做的意義。直到剛才還是高架鐵路的踏腳處突然化為一堆瓦礫，我的身體也在一片砂石鐵屑之中被拋到空中。

「——嗚！」

高度約十公尺的自由落體。假如沒有任何遮蔽物，而且從一開始就做好跳落的準備，從這種高度落地對我來說是輕而易舉。但這次不但突如其來，又被吞沒在雪崩似的大量砂石之中，結果讓我即使做出護身動作，依然重重摔在柏油路面上。

即便如此，他們想出的這項作戰計畫應該也是成立於對我的某種信賴之上，認為這種程度的狀況中，我肯定能夠生還……然而就算我得救了，他們自己呢——

「……助手！」

「……妳這傢伙真的是……比起自己的事情，老是在擔心別人啊。」

我朝聲音傳來的方向舉起滑膛槍，看到左手握槍的助手站在一片塵土飛揚之中。這樣的構圖已經不知道是第幾次了。然後在助手背後，其他三個人也從瓦礫堆中站了起來。剛才大概是諾契絲和夏露分別保護了助手和唯吧。

「……呼……嗚！……你的模樣、真難看呢。」

助手的右臂癱軟無力地下垂，頭上可以看到出血。他自豪的那件黑夾克也變得破爛不堪。

「……呼……妳也、一樣啊。」

真受不了，他難道不曉得按照規矩，那種話是不可以對女孩子講的嗎？

「……嗚！…………呼……」

不過我也無法隱瞞自己急促的呼吸與激烈的心跳。

最糟糕的是我扭傷了腳。這下不管怎麼說我都逃不掉了。

事情本來不應該是這樣的。說到底，為什麼我和助手現在必須這樣舉槍相向？

「……為什麼會變成這樣？」

其實在封印完《原初之種》的時候，這篇故事應該就已經結束了。但是我沒有辦法將失去意識的渚就那樣放著不管，所以又決定讓故事稍微繼續……親眼見證助手創造的這條X路線的未來。

於是我決心當成最後一次，和助手又搭上飛機朝世界出發，結果還是被捲入預料之外的事件中，也遭遇了新的敵人。助手認為這場跟名為《怪盜》的敵人之間的戰鬥是《原初之種》相關危機的延長戰。因此今後我依然身為偵探，君塚君彥依然身為助手，兩人一起繼續與包含《怪盜》在內的《世界之敵》交手……如果要說我一點都沒有想像過這樣的未來、這樣的後日談，那是騙人的。

——然而，我果然是沒辦法繼續走下去。我沒辦法永遠沉浸在溫吞安逸的故事終章。我終究是X路線的一名玩家，站在《名偵探》的立場，必須守好自己的本分。本來在一年前應該已經身亡的我，卻能與這條路線稍微扯上一點關係，這件事本身就是奇蹟了。

所以我現在要面對君塚君彥這個最後的敵人……不，應該說是主角，我沒有輸的打算。那是當然的。因為要是我輸了，就代表著**我被主角拯救**的意思。那麼天真敷衍的故事劇情，是絕對無法被容忍的。

「你是正義，我是邪惡。那也沒關係，正合我意。」

我幾乎只靠一隻腳的力氣往地面一蹬。這場戰爭很快就要結束了。我抱著槍，朝自己必須擊倒的對手衝刺。

「君塚先生，右邊！」

是唯的聲音。從遠處聽到那聲指示的助手全身往一旁撲開，躲過我的子彈。

「……嗚！妳真的甘心如此嗎！」

助手在地面翻滾的同時只靠一隻左手開槍，而我僅僅移動上半身避開了攻擊。

「我說，希耶絲塔，妳的心願是什麼？」

槍聲再度傳來。是來自背後遠處的諾契絲與夏露。只要稍微被子彈削到一點傷，就是我輸了。

「我的心願只有一個——我希望你們活下去，就只是這樣。」

所以我把長槍舉向她們，為了射出讓她們最後能活下去的子彈。

「不可能只是那樣！」

——嗚！簡直糾纏不休。助手再度擋到我眼前，導致我的手些微顫抖。心跳吵得令人煩躁，急促的呼吸甚至讓我的視野都模糊起來。

「！你憑什麼知道那種事!?」

「因為妳那天不就說過了……！」

助手表情悲痛地大喊。他在說的是一年前與海拉那場戰鬥之後，他因為《花粉》而睡著時的事情。那恐怕是我的意識即將消失之際，不自覺洩漏的一句話。是我其實沒有打算讓助手聽見的心聲。

「我才不記得那種事情。」

這麼回應的同時，我為了斬斷迷惘而開槍。沒有瞄準目標的子彈從助手的方向大幅偏離，不過這下讓我做好覺悟了。我躲開夏露她們來自遠方的槍擊，並面對與助手最後的槍戰。

「妳連自己講過的話都不記得？」

在明明沒有時間閒扯的戰場上，助手卻依然一邊開槍一邊繼續講話。

「既然妳自己不說，我就代替妳說。」

…………

「妳不想死，對不對？」

事到如今還講那種話。

「我們會幫妳想辦法。」

不可能的。

「我會找出讓妳活下去的路！」

我就說那是不可能的呀。

「妳總是希望能獲得幸福的委託人，就是這世界上的所有人類……可是妳自己卻沒有被包含在裡面，那樣是不對的……！」

錯了，我很幸福的。

我已經獲得充分的幸福——才對。

可是……

「希耶絲塔，我希望妳活下去。」

聽到你這麼說，我又——

「——嗚！」

助手開槍，為了讓我活下去的子彈飛向我左手。但就在那瞬間，我的本能驅動左手，用滑膛槍橫向一揮把子彈擊落……然而矛盾的本能同樣也在我腦中詢問。

我真正的心願是什麼？

「我——」

我再一次問自己。這條命已經死過一次。沒有必要顧什麼面子，在這裡也不需要什麼自尊心。因此捨棄一切羞恥與體面，也不要有任何得失盤算或搪塞敷衍。

自己所在的立場或職位也都暫時忘記，過去的經歷與發言同樣當作沒發生過吧。去思考未來的事情也沒意義。自己對這個世界應負的責任，現在也試著視而不見。

就這樣，當作只有「我」這個人存在於現在這個瞬間。這時的我究竟心中期望什麼？想要實現什麼？可不可能辦到之類的問題，現在都不重要。太勉強或太無謀之類的指責也不是現在要討論的事情。在我心中唯一存在的願望，那就是——

答案非常簡單。

「——我好想再跟你一起享用紅茶。」

那換句話說，跟「想要活下去」是同樣的意思。

「好，妳的心願，我確實聽到了。」

助手舉起的槍口朝向我的臉。

啊啊，原來你已經變得能夠露出那種笑容了。

「你講這話就像偵探一樣呢。」

我對他的發言這麼調侃。

照這樣下去，從那槍口射出的子彈想必會貼著我的臉頰削過去。

如此一來，我的心願就會實現。

我會被我最愛的搭檔——被主角拯救。

那肯定是任何人都期望的所謂美好結局。

因此我面對那發結束一切的子彈，如此宣告：

「不過，偵探（我）是不可以輸給助手（你）的。」

直到最後，我都不能讓他看見自己的背。

不能讓助手看到偵探認輸的模樣。

我閃開迫近而來的子彈，將名偵探生涯與共的這把長槍舉向助手。

「是啊，沒錯。助手（我）果然還是敵不過偵探（妳）。」

所以——助手的嘴巴這麼說道。

「希耶絲塔的心願，會由那傢伙代為承接。」

下個瞬間，我感受到背後有人而趕緊把滑膛槍舉向後方，

「……為什麼、妳會在這裡？」

接著，我不自覺睜大了眼睛。

「——我以黃泉女王之名下令，禁止妳來到這邊的世界。」

映入我眼簾的，是一名身著軍服、黑色短髮的少女。

「海拉……為什麼妳……」

可是接著，軍服少女緊緊抱住我說道：

「對不起，騙妳的。是渚（我）啦。」

◇Buenas noches

「為什、麼……」

雖然嘴上如此呢喃，但其實我內心早有預料到渚會來到這裡了。

就像以前我為了救助手而借用渚的身體醒過來時一樣，渚也是為了助手無論在何處都會趕赴現場。人們或許會嘲笑那是巧合主義，但我們就是**這樣的存在**。

「希耶絲塔，好久不見。」

抱著我的手臂輕輕鬆開。

結果在我眼前的，是把原本一頭長髮大幅剪短的渚對我露出微笑。

真是被擺了一道。沒想到她竟然會裝成海拉現身。

「妳一點都沒變呢，渚。」

被她超越了預想的事情讓我莫名覺得不甘心，而忍不住說出這樣欺負她的話。

「是嗎？我覺得造型應該大膽改變了不少吧？」

「我在講的是內在。話說，難道妳失戀了？」

「……不要擅自把人家認定為砲灰女角行不行？」

渚翻著白眼瞪向我，接著我們互相笑了起來——可是……

「……嗯、奇怪？」

我忽然莫名感到渾身無力，當場雙腳一癱。

「小心。」

於是渚再度抱住差點倒下去的我。我不記得自己有被麻醉槍擊中……卻不知為何感到想睡了。

「對不起喔。」

渚在我耳邊小聲道歉。依然無法站立的我，只能全身倚靠著渚跪到地面上。

「這究竟是……」

話說，我的左手上臂好像有點刺痛。但即使勉強睜開著沉重的眼皮確認那部位，也看不到什麼出血。是剛才渚第一次抱我的時候做了什麼——

「——是安眠藥。」

助手的聲音傳來。

夾克變得破爛不堪的他，在諾契絲的攙扶下走向我面前。

「那是我請**某位密醫**調配的特製藥。據說是運用以前讓我睡著的那個花粉製作出來的。」

「……原來是、這樣。」

既然如此，助手他們的武器上使用的藥大概其實也是這個安眠藥吧。一個禮拜前《發明家》應該離開了我們的地方才對，不過看來他果然又回來了。我猜應該是因為渚清醒過來，所以為了觀察狀況吧。然後他對這次助手擬定的計畫提供了協助。

「但是接下來呢？讓我睡著變得無法抵抗之後，你究竟想對我做什麼壞事？」

他的作戰計畫得逞的事情再度讓我感到不甘心，於是我把頭靠在渚的大腿上如此調侃助手。

「白痴。到了現在，妳對我的信賴還是零啊。」

嗯，我就是想看你那個表情。

我一笑後，助手也一邊嘆著氣一邊笑了。

但他接著又恢復認真的表情，說明讓我睡著的理由：

「這樣一來，埋在妳心臟的《種》應該就會暫時停止活動了。」

——啊啊，不出所料。

我閉上眼睛，傾聽助手語氣冷淡中帶有溫柔的聲音。

「昨天我和醒來的夏凪兩人一起思考討論該怎麼做才能救妳的時候，我們注意到了一件奇怪的事情——就是妳之前活在夏凪的心臟裡時，只有在我差點被變色龍殺掉的時候出來拯救過我一次。」

那是距今一個多月以前的事情。在那艘大型郵輪上，我借用了渚的身體與助手合作打敗了變色龍。當時我因為被渚說服，於是答應僅此一次，透過她的身體和助手重逢。

「但問題就在於這個**只有一次**的部分。」

助手莫名有點哀傷地解讀那天的真相。

「為什麼希耶絲塔只醒來過一次？為什麼會不願意醒來？……原因就是為了不要讓深植於心臟的《種》覺醒過來。換句話說，只要妳一直沉睡，不讓意識清醒，那個《種》就不會成長。」

——正確答案。

一開始是渚發現的嗎？不，我猜或許還是這幾天都跟我一起行動的助手才會察覺這點。在那趟紐約之旅中我會變得比以前睡得更多，也是無意識間為了保護自己的身體的防衛反應。

「但是助手，你應該也有注意到這麼做並沒有意義吧？」

我睜開沉重的眼皮，看見這裡不只是渚和助手，諾契絲、夏露和唯也聚集過來了。大家都注視著我，讓人莫名感到有點害羞……不過，對，這些就是現在助手的夥伴們。

沒問題。助手已經沒問題了。

我感到安心後，告訴助手因此不需要再做這種事情：

「即使讓我睡著，這終究只是治標不治本。而且誰也無法保證這麼做可以完全讓心臟的《種》停止成長。將來可能過了幾年之後，《毀滅世界之種》又會萌芽，到時化為怪物的我搞不好會殺掉你們。所以果然還是——」

「**我們**就是在明白這點的前提下選擇了這個做法。」

助手彎下膝蓋靠近我身邊，「況且……」地繼續說道：

「史蒂芬把這個安眠藥交給了我。妳應該明白其中代表的意義吧？」

「……原來如此。你真的是到最後的最後都有認真想過呢。」

沒錯，《發明家》史蒂芬・布魯菲爾德對於１００％沒救的患者是不會出手幫助的。那是為了將自己的全力灌注於還有存活可能性的生命上。換言之，既然他現在配了這個藥給我，就代表我肯定還有獲救的餘地，因此不允許我擅自放棄活下去的意志。畢竟當初向助手說明史蒂芬這項哲學的人，就是我自己呀。

「——看來是我完全落敗了。」

偵探必須是守護委託人利益、實現委託人心願的存在。

而渚同時實現了我「希望讓助手們活下去」，以及助手們「希望讓我活下去」兩邊的心願。

這是過去的我沒能辦到的事情。當時我只能藉由自己的死實現這個心願，然而渚雖然一度經歷和我同樣的失敗——卻在後來找出了這個答案。如今的她毫無疑問超越了我。

「大小姐！大小姐……！」

右手好溫暖。是淚水與手心的溫度。夏露用雙手包住我的右手，淚水有如潰堤般停也停不下來。她無論過了多久都是如此可愛，是我的得意門生。

「……呵呵，原來如此。我在最後也被你們兩人超越了呀。」

藥效開始發作，讓我的眼皮變得更加沉重了。即便如此，我依然抬頭仰望天空似地看向助手與夏露的臉。你們是不是也稍微變得關係融洽一點了呢？實際上如何我並不清楚，但唯有一點可以確定。

「你們變強了。」

強得足以超越我了。

聽到我這麼說，助手霎時驚訝得睜大眼睛，接著又露出微笑。

「是啊，其實我和夏露假裝感情很差也是作戰計畫的一環。真正的我們可是默契十足、感情超好的。對吧？」

「啥、咦？……沒錯，就是這樣！我、我最喜歡君塚了！」

夏露聽到助手強行把胡鬧話題丟給她，頓時露出僵硬的笑臉。

「……呵、呵呵。這樣呀，那真是好事。」

沒想到竟然可以看見這兩人勾肩搭背的景象。就算是演技我也作夢都沒想過，讓我忍不住笑了起來。

「渚也真辛苦呢，有這麼多對手。」

「啊～啊～我聽不見。」

對於我的調侃，渚動作誇大地摀住耳朵……接著和助手一樣對我露出微笑。

「我說，希耶絲塔。」

「嗯？」

她剪短的秀髮隨風搖曳著。

「謝謝妳給了我這個容身之處，名偵探。」

渚又哭又笑地說出這句類似曾經講過的一句話。

「不，我才要謝謝妳。」

我伸出變得沉重的手，擦拭渚的淚水。

「謝謝妳教我明白了感情，名偵探。」

正因為有渚，正因為有妳的激情，我此刻才能感受到如此無可取代的幸福心境，才能像這樣笑著。

「希耶絲塔。」

助手被唯與諾契絲輕輕推了一下背，牽起我的左手。

「助手。」

我也回握他的手，說出自己不經意想到的事情：

「今後假如你遇到提不起精神的時候，首先要好好睡個大頭覺。」

助手對於我這句話雖然感到奇怪，但還是緩緩眨著眼睛注視我。

這是我最後希望告訴他的事情。因為我已經變得沒辦法思考太複雜的東西，所以只是回想著最近的記憶繼續說道：

「然後要記得洗澡喔？把身體洗乾淨，心靈也洗乾淨。還有要大吃一頓。」

「……嗯，就像上次一樣。」

「但是不可以老是吃披薩喔。要考慮到營養均衡，另外也要適度運動。還有……對了，既然你有這麼多夥伴，如果遇上什麼煩惱的時候就要馬上找人商量。畢竟你有個壞習慣，總是什麼事情都自己悶在心裡。」

「那是我要對妳講的話。」

助手像之前一樣準備用中指彈我的額頭——卻又改用指尖輕輕撥開我的瀏海。

「妳又是從剛才都一直在講我的事情。」

「是嗎？我現在好想睡，已經搞不清楚了。」

不過要說到我剩下擔心的事情，大概也就是這樣。只要助手好好吃飯，跟夥伴們一起歡笑，過著**平凡而和平的非日常生活**，我就很高興了。

「唉，受不了。」

結果助手露出試探我似的眼神……

「我說妳，會不會太喜歡我了啊？」

在最後竟嘗試對我做出這樣特大的反擊。

「嗯，說得也是。我很喜歡你喔。」

「……拜託妳別這麼直接好嗎？」

嗯，畢竟身為名偵探果然還是不能原諒自己一直輸給助手嘛。

我在渚的攙扶下，最後並肩坐到助手旁邊。

對於這樣的我，助手深深嘆了一口氣後，帶著苦笑開口說道：

「妳這傢伙，真的是笨蛋。」

既然如此，我的回應就只有一個：

「唉，太不講理了。」

就這樣，我們不約而同地笑了起來。渚、夏露、唯以及諾契絲也是，大家都笑了。一邊笑著，一邊哭泣。

「我……我們總有一天會讓妳醒過來。」

所以在那之前——

助手說著，用力握住我的左手。

「晚安，名偵探。」

他最後對喜歡睡午覺的我如此呢喃。

透過厚重的雲層間灑下一道陽光，溫暖地照耀我們。

「嗯，我等你們。」

期待再會。

在距離地表一萬公尺的高空上。

終章

從那之後過了一個禮拜。

若以學校基準來說暑假早已結束，而我一副理所當然地蹺課的課堂，也已經開始照常上課。換句話說，就歲曆上算起來已經進入秋季了。

然而從窗外照入室內的陽光還是很熱。對午後的太陽感到刺眼的我，伸手把病房薄薄的窗簾拉上。

『喂，你有在聽嗎？』

從電話另一頭傳來以女性來講很低沉的聲音。

通話的對象不用說，就是那位紅髮的女刑警——加瀨風靡。總覺得她最近好像老是會打電話給我，搞不好是看上我了。

「有啦。就是我被認定為超級高中生，要接受警方表揚的事情吧？」

『那種話我一個字都沒講過。』

猜錯啦？

『是關於席德的事情。』

風靡小姐似乎很無奈地嘆了一口氣後，提起幾個禮拜前我們打倒的那個《世界之敵》。

『**那傢伙**沉睡的那棵巨樹，似乎不出所料有點特別的樣子。』

將位於鬧區的一棟時尚大樓吞沒的巨樹。從之前就有提出過那棵封印了席德的巨大樹木中，可能存在有人類未知的元素……看來現在那個調查有了進一步的進展。

雖然對我個人來說，那根本不是我有辦法管的事情，然而對於過去和《原初之種》交戰的《名偵探》來說，就並非毫無關係了。因此我早有預感，總有一天我們會沒辦法無視它的存在。

『尤克特拉希爾。』

風靡小姐說出這樣一個外來詞彙。

「請問妳忽然在講什麼？」

『這是當成觀察對象的那棵樹被取的名字。』

呼～——從電話另一頭傳來吐出白煙的聲音。

尤克特拉希爾——在北歐神話中也被稱為宇宙樹，被描述為一棵內部不只有我們人類居住的世界，總共包含了九個世界的巨樹。我們人類今後或許要與那個植物共生下去吧。而它為人類帶來的影響究竟會是——

「抱歉，風靡小姐。我的夥伴們差不多要來了。」

這些問題並不是現在馬上能夠得出答案的東西。

我看了一下時鐘，準備暫時掛斷電話。

『哈！真沒想到有一天居然會從你口中聽到那種話。』

「哎呀，人要改變的時候總會變的。」

聽到我這麼說，電話中傳來對方好像難得心情不錯的吐氣聲。

「那麼，再聯絡。」

『好，代我跟名偵探問候一聲。』

風靡小姐沒有說出具體的名字，主動掛斷了電話。

就在這時……

彷彿早在等待時機似的，病房門被用力打開。

「希耶絲塔小姐～！我來看妳囉～……呃，君塚先生果然也在這裡。」

進到房內的，是世界第一最最可愛的偶像齋川唯。她看看躺在床上的一名少女，又看看站在旁邊的我，臉上露出苦笑。

這裡是《發明家》史蒂芬擔任院長的那間醫院中的個人病房。我今天從早上就來探望在這裡沉睡的名偵探——希耶絲塔。

「一直都是這樣啦。不管我什麼時候過來，這男人每次都在呀。」

接著齋川後面走進來的金髮少女也雙手抱胸看著我嘆氣。真奇怪，就在不久前我們應該因為某件事情變得感情很好才對地說。

「哦、哦，妳們兩位借過一下！我要把這放到床邊的桌上！」

最後進來的是抱著一大籃水果的少女——夏凪渚。她後來正式出院後，現在反過來站在探望夥伴的立場了。

「謝謝妳們三位啦。」

我對前來探望希耶絲塔的這三人如此道謝。

夏凪要去學校，齋川要從事偶像活動，而夏露也要處理各種工作。然而她們還是會像這樣，在百忙之中抽空來看希耶絲塔。

「呃、嗯……？」

可是齋川似乎感到奇怪地歪了一下小腦袋後，她們三個人不知為何各自露出困惑或傻眼的表情。

「為什麼我只是來探望大小姐，君塚就要對我道謝？你當自己是大小姐的什麼人呀……」

夏露翻起白眼看向我，接著……

「君塚一直都不來學校呀。整天都待在希耶絲塔這裡。」

夏凪也伸手指向我，對齋川她們抱怨不滿。

唉，到底有什麼好生氣的？

「照顧搭檔也是工作之一吧？」

我看著躺在床上的希耶絲塔這麼說道。

從那之後她就一直沉睡著。目前都沒有什麼明顯的變化，《種》的成長看起來正受到抑制。

希望有一天能夠單獨只把深植於她心臟的《種》破壞掉，或是找出其他類似的方法，讓她能夠醒來。這就是我的心願，也是我們設定為目標的故事終點。

「搭檔，是嗎？」

我回過神發現夏凪正從下面探頭看著我的臉。

「怎樣啦？」

「沒～事。」

唉，太不講道理了。

「……呵呵。」

大概就算我沒講出口，夏凪也能看出我心中在說什麼吧。她注視著我好一段時間後，帶著微笑把剪短的頭髮撥到耳朵後面，才總算將視線從我身上移開。

這就是希耶絲塔進入睡眠之後，我們的日常生活。在那天，肯定有某種東西產生了變化。不過沒有改變的事物也依然存在。我想我大概已經把一隻腳踏進了那樣不算是溫吞安逸的全新日常之中。

「但話說回來，現在時間已經很趕了。我們必須趕快出發才行。」

夏露看著手錶這麼說道。

我們預定接下來要踏上旅途前往某個地方。

「四個人一起旅行真是教人興奮呢！」

齋川原地轉起圈子，開心想像著今後為期三天的旅程。

「這次可不是去玩的說……」

我們這次旅程的目的，是出席《聯邦政府》召開的會議。

關於夏凪決意繼承希耶絲塔的意志成為《名偵探》的事情，似乎會做一場類似諮詢會議的東西。我們其他人則是利用九月的連休陪同夏凪一起前往。順道一提，這次會議的舉辦地點似乎是在新加坡。

「會有機會穿新泳裝嗎……」

「要出席會議的本人居然最想玩啊……」

總覺得以前好像也遇過類似狀況的我盯向夏凪。

「君塚應該也很想欣賞吧？我穿上泳裝的模樣。」

的確之前在郵輪上，我直到最後都沒機會看到她穿泳裝就是了。

……既然如此，讓我想想。

「哎呀，抽個一天出來玩應該也不為過吧。」

聽到我這麼說，夏凪頓時「嘩！」地露出有如夏季太陽般燦爛的笑容。

「那麼各位，我們差不多要出發囉！」

齋川說著，用力伸展了一下筋骨後……

「希耶絲塔小姐！我下次再來看妳喔！」

她對著希耶絲塔揮揮手，離開病房。然後……

「大小姐，等我回國後一定會再過來！請問妳想要什麼伴手禮？肉嗎？我會買一～堆肉回來給妳的！」

夏露還是老樣子這麼對希耶絲塔說著……但接著又露出有點悲傷的笑容，在希耶絲塔的右手上吻了一下後轉身離開。

「到頭來，只有我幾乎沒什麼機會跟妳見面呢。」

夏凪也注視著希耶絲塔的臉，小聲呢喃。

「明明我還有好多話想跟妳講，也想跟妳吵吵架的說。」

夏凪和希耶絲塔之間的再會，只有最後那場戰鬥的時候。在這個世界上讓兩位名偵探齊聚一堂，似乎比我想像中還要困難許多的樣子。

「不過總有一天，我們絕對要再見面喔。」

夏凪說著，露出堅定決心的表情緊閉起雙脣。

六年前，以及一年前，都曾經相遇過的希耶絲塔與夏凪。

我由衷期望，有一天讓我也能看到她們兩人再度重逢的景象。

「我一定……我們一定會讓妳再睜開眼睛的。妳好好等待吧。」

在那之前，名偵探的意志就由我繼承——

夏凪對希耶絲塔如此約定後，對我瞥了一眼，離開病房。

「新加坡嗎？我們以前也有一起去過啊。」

我回憶起那段遙遠的記憶。記得當時我們有在海灘玩過，也去過賭場……然而還是按照慣例，同時被捲入了一場不得了的事件。還是老樣子的一段充滿無數麻煩的冒險活劇。感覺好懷念，但也令人不禁希望別再有第二次了。

「……不過，總有一天。」

兩個人再一起去哪裡旅行吧。

我回想起在紐約欣賞音樂劇時，我們之間的約定。

「那我走囉。」

最後留在病房裡的我，看著希耶絲塔好像很舒服的睡臉。

想著下次見面是四天後，我就不禁感到有點惋惜地如此對她道別。

她沒有回應。那也是當然的。

因為偵探已經——

——不對，不是這樣。

沒錯，其實我沒有必要感到悲傷，也不需要覺得不安。

因為偵探才沒有死。

她只是進入一段漫長的午睡時間罷了。

浮文字

偵探已經，死了。5

（原名：探偵はもう、死んでいる。5）

著　者／二語十
繪　者／うみぼうず
譯　者／Kyo

執行長／陳君平
榮譽發行人／黃鎮隆
協　理／洪琇菁
總編輯／呂尚燁
美術總監／沙雲佩
美術編輯／陳聖義
執行編輯／丁玉霈
國際版權／黃令歡、高子甯
文字校對／施亞蒨
內文排版／謝青秀

出　版／城邦文化事業股份有限公司　尖端出版
台北市中山區民生東路二段一四一號十樓
電話：（〇二）二五〇〇—七六〇〇
傳真：（〇二）二五〇〇—二六八三
E-mail: 7novels@mail2.spp.com.tw

發　行／英屬蓋曼群島商家庭傳媒股份有限公司城邦分公司　尖端出版
台北市中山區民生東路二段一四一號十樓
電話：（〇二）二五〇〇—七六〇〇（代表號）
傳真：（〇二）二五〇〇—一九七九

中彰投以北經銷／楨彥有限公司（含宜花東）
電話：（〇二）八九一九—三三六九
傳真：（〇二）八九一四—五五二四

雲嘉經銷／智豐圖書有限公司　嘉義公司
電話：（〇五）二三三—三八五二
傳真：（〇五）二三三—三八六三

南部經銷／智豐圖書有限公司　高雄公司
電話：（〇七）三七三—〇〇七九
傳真：（〇七）三七三—〇〇八七

香港經銷／一代匯集
香港九龍旺角塘尾道六十四號龍駒企業大廈十樓B&D室
電話：（八五二）二七八三—八一〇二
傳真：（八五二）二五八二—一五二九

新馬經銷／城邦（馬新）出版集團Cite（M）Sdn. Bhd.
E-mail: cite@cite.com.my

法律顧問／王子文律師　元禾法律事務所
台北市羅斯福路三段三十七號十五樓

二〇二二年六月一版一刷
二〇二三年十一月一版三刷

■中文版■

郵購注意事項：
1.填妥劃撥單資料：帳號：50003021戶名：英屬蓋曼群島商家庭傳媒(股)公司城邦分公司。2.通信欄內註明訂購書名與冊數。3.劃撥金額低於500元，請加附掛號郵資50元。如劃撥日起 10～14日，仍未收到書時，請洽劃撥組。劃撥專線TEL：(03)312-4212 ・ FAX：(03)322-4621。E-mail：marketing@spp.com.tw

國家圖書館出版品預行編目資料

偵探已經，死了。/ 二語十作 . -- 1 版 . -- 臺北市：城邦文化事業股份有限公司尖端出版：英屬蓋曼群島商家庭傳媒股份有限公司城邦分公司發行, 2022.06-
冊；　公分
譯自：**探偵はもう、死んでいる。**
ISBN 978-626-316-935-7（第 5 冊：平裝）

861.57　　111006382